◎中华传统文化观止丛书◎

中华传统文化观止丛书

ZHONGHUA CHUANTONG WENHUA GUANZHI CONGSHU

先秦两汉诗观止

本书编委会 编

学林出版社
www.xuelinpress.com

新版前言

《中华传统文化观止丛书》是学林出版社于1995年12月出版的一套大型选本，包括《中华古诗观止》《中华古文观止》《中华古词观止》《中华古曲观止》共四部。1996年，本丛书荣获第十届中国图书奖。

在这套丛书出版二十年之际，我社决定在原书的基础上做增补校订，重新出版。古诗部分，约请骆玉明教授撰写了导读，李梦生编审补充了一些注释，其余各册，一仍其旧。为了方便读者的阅读，本丛书的版式也作了大幅度的调整，注释从尾注全部改为脚注；以作者为纲，以作品为目，按朝代分体，依序排列，每篇都附以题记。然后，将原来四大部的丛书重新排列成二十四本，详见总目。

本丛书之所以称为观止，按原出版前言的说法：一是“叹为观止”，所收的内容皆为精华，且具代表性；二是“观到此为止”，亦即一般的中等文化水平以上的读者读了它便可对中国传统文化有一个概略的了解，即可到此为止。此次出版，除了这两点想法不变之外，更想让广大中小学生在这些变得相对浅近而短小简洁的单本中，做一学生时代的“观到此为止”，庶几不至有数典忘祖的危险，若能做到此，本丛书也算达成了它的又一次的历史功能。二十年后，作者还是那批作者，编辑还是那些编辑，读者却从广大读者延伸向中小学生。愿再过二十年，这套丛书还能让那时的中小学生接着使用，而他们的父辈又可以跟他们讲：瞧，这就是我当年读过的书。

学林出版社

2015年8月

原版前言

中共中央关于《爱国主义教育实施纲要》提出，要让广大干部群众，尤其是广大青少年了解历史，了解祖国，知我中华，爱我中华，兴我中华，激发爱国主义的热烈情感，增强历史使命感和社会责任感。要进行中华民族优秀传统文化教育，用中华民族灿烂文明中所蕴含的崇高的民族精神、民族气节和传统美德，教育、感染广大青少年。为此，我社决定出版一套中华传统文化观止系列丛书。

中国有五千年有文字可考的历史。这五千年中，先人给我们积累了数以十万计的文化典籍。这是我们的光荣和骄傲，但一不小心，也可能成为我们的包袱。早在两千多年前，古人面对比我们少得不知多少的典籍，已经发出了这样的慨叹："吾生也有涯而智也无涯，以有涯随无涯，殆矣。"如果我们剔除其中的消极成分，应该承认，这话说得很有道理。试想，以几十年匆匆的生命，要想览尽无涯的历代典籍，吸尽知识海洋，怎么可能？更何况我们处在"知识爆炸"的今天，有那么多现代知识需要我们去学习，去吸收。

我们要珍视五千年文明史积累下来的文化遗产，因此，需要了解，需要继承；

我们又不能全盘照收五千年积累的文化遗产，因此，需要选择，需要剔除。

这是一种矛盾，是一种必须进行的艰难的选择。

试着解决这种矛盾，我们策划了这套观止丛书。

所谓"观止"，包含两层意思：一是"叹为观止"，即所收的内容应是中国传统文化的精华，是有充分代表性的东西。二是"观到此为止"，即一般的中等文化水平及以上的读者，只要拥有它，便可"尝一脔而知全味"，对中国传统文化有一个概略的了解，如果不想作专门的研究，即可到此为止，庶几不至于有"数典忘祖"的危险。如果有人要继续深造，也可以此为出发点，登堂入室，到传统文化的大海中去搏击遨游。

为此，我们设想，这套观止丛书的选收范围上自先秦，下迄清末民初，以古典文学为主，兼及艺术、音乐、美术、历史、科学等，分专题出版，总计约收一千万字。以每天读五千字计，大约七年时间即可从头到尾读完。对普通读者来说，也许还是太多了一点。但中华传统的文化宝库实在过于丰富，再少便很难反映其真实面貌。好在对于不同的读者，仍完全可以有选择、有重点地读，或把它们当作准工具书查阅，还是有着相当广阔的选择自由的。

为了保证这套观止丛书的代表性与权威性，编选者与本社同人努力做到：一、选目尽量求精。除各书均由中青年骨干学者实际操作外，还特聘全国著名的学者、专家主持选目工作。不仅收入脍炙人口的名作，还努力发掘新的内容。二、评注尽量简明。以原作为主，不搞喧宾夺主的“鉴赏”，也不搞“今译”，让读者享受一种自己咀嚼、消化的乐趣。三、适当加入附录。主要是资料性的内容，与正文互为补充，藉以为读者提供方便。四、装帧尽量精美，使之既可供实用，又能成为居室的美化装潢品和赠送的礼品和奖品。

这套观止丛书将分批推出，现在呈献给读者的是第一辑：《中华古文观止》、《中华古诗观止》、《中华古词观止》、《中华古曲观止》。这里所说的“古”，是“古代”的意思，想必读者一定能够理解。

希望这套书能为全国的爱国主义教育做出小小的贡献。热诚欢迎广大读者多提意见和建议，以便不断修订，做到精益求精。

学林出版社

导　读

骆玉明

策划统筹

贺圣遂

审　定

李梦生

选　目

马美信　汪涌豪　刘明今　贺圣遂

钱振民　邬国平

撰　稿

马美信　朱　伟　吴　格　汪树清　郑利华

郑逸文

导读

骆玉明

黄河与长江共同发源于青藏高原，分流南北，奔腾到海。

在这两大流域分别孕育了早期中国文明两个主要的分支——北方的中原文化与南方的楚文化，同时也从中催生了中国诗歌的两大上源——《诗经》与《楚辞》。

诗的原生形态是歌谣。感于哀乐，发为歌咏，这是《汉书·艺文志》对诗歌产生缘由的最简明的概括。因为歌谣与人类的生活相随，倘若无人加以记录，便消散于无形，自然无法指认中国最早的诗歌是什么样的；而依据可靠的文献来讨论，我们现在可以看到的中国最古老的诗歌都保存在《诗经》里。

《诗经》原来称为“诗三百”，共有作品305篇。从时间范围来说，《诗经》中篇章起于西周初，迄于春秋中叶；从地域范围来说，大致产生于从今日陕西到山东的黄河流域，而其中一部分产生于偏南的汉水一带。

依照音乐类型的不同，《诗经》被分为《风》、《雅》、《颂》三大部分。《风》有十五国风，是地方性的歌谣，至今我们讲的“风俗”之“风”与“国风”之“风”，意义是相近的；《雅》分大、小雅，是所谓“王畿”（西周王室直接统治的地区）之乐；《颂》是专门用于宗庙祭祀的乐舞，分为周、鲁、商三颂（主要是周颂）。

从功能来说，这些诗在古代大体有三个用途：一是在祭祀等特定场合、在各种典礼中使用的乐歌，这些都是专门制作的；二是统治阶层中一些重要人物对社会与政治问题表示不满、具有政治批评性质的诗篇；第三也是最多的一类，就是日常娱乐性的歌谣，抒发诗人的喜怒哀乐，也表达众人的情感与欲求。

这些在广延的时空、在不同社会层面中产生的诗歌，经过我们不太清楚的各种途径被收集和保存下来，经过淘汰、修改，最后汇编成一部《诗经》。对于这部书的性质，我们首先会把它理解为中国第一部诗歌总集，但更重要的，它还是中国文化的一部“元典”，也就是在中华民族文化特征形成时期出现的具有标志性的经典。由于在南北文化汇流的过程里中原文化具有主导作用，由《诗经》所体现的基本的价值观和人生态度，以及思维方式、审美趣味等精神特质，对于我们民族文化传统的形成起着重要作用；当然，它对中国诗歌传统的形成与发展演变也有极大的影响。

现在我们读《诗经》，可以注意到它的一些显著的特点：

第一，对现实世界和日常生活的关注。在整部《诗经》中，除了极少数几篇由于特殊原因而带有神话色彩，完全是反映现实的人间生活；在这里，几乎不存在凭借幻想而虚构出的超越于人间世界之上的神话世界，不存在诸神和英雄们的特异形象和特异经历，有的是关于政治风波、春耕秋获、男女情爱的悲欢哀乐。与此相关，《诗经》总体上以抒情诗为主流。个别带有叙事成份的篇章，如果与大体属于同时代的古希腊的荷马史诗相比，也完全不是同一种类型。

第二，对德行的重视。《诗经》多处出现“上帝”或者“天”的概念，指的是高居于人类之上的具有主宰力量的神。但上帝的德行是不稳定的，有时候干好事有时候不干，有时候糊里糊涂，有时候他的性情不可捉摸。和上帝具有相似地位的是周朝开国君主文王的亡灵，他跟上帝共同关注人间的事务而更为可靠、值得崇敬。对于周人而言，文王的伟大主要不在于某种神力，神力是属于上帝的，文王的力量主要是他的德行，遵循他的德行周朝就能百世永昌。这种淡化神力，把人的德行放在第一位的意识，目的在于强调人的因素才是决定性的。而《诗经》中保存了不少具有政治批评性质的诗，有时对高层统治者的荒诞失德激烈抨击，和上述特点也是一致的。

第三，感情表现温和而节制。虽然《诗经》中作品来源比较广泛，但从搜集到编纂，最终自然而然地渗透了贵族文化趣味，实际上它也成为贵族子弟的文化教材，所以孔子说："不学《诗》，无以言。"这种趣味的一种体现，就是在表达个人情感时温和而节制，一般没有强烈的悲愤和强烈的欢乐（这和基于社会原则激烈斥责"坏人"并无矛盾）。所以孔子又说："温柔敦厚，《诗》教也。"克制的感情，以及因为克制而偏于忧伤的感情，是十分微妙的。它不是喷涌而出，一泄无余，而是委婉曲折，波澜起伏。由此，形成了《诗经》在抒情表现方面显得细致、隽永的特点。

说到楚辞，则是楚文化的结晶。在年代上，现存的以战国后期屈原为代表的创作比《诗经》中最晚的作品还要迟二百多年。也就是说，楚辞与《诗经》之间，不仅有地域与文化的区别，还有时代的不同。

楚民族在其发展过程中，不断与中原文化进行交流，但另一方面，楚文化又始终保持着自身强烈的特征，与中原文化有显著区别。

首先，南方的经济条件较北方具有一定的优越性。由于谋生较为容易，就可能有较多的人力脱离单纯维持生存的活动，投入更高级更复杂的物质生产。从近年地下考古发掘来看，战国时代楚国的青铜器，足以代表先秦青铜器冶铸的最高水平，其漆器、丝织品之精美，更是北方根本无法比拟的。

楚国也没有形成像北方国家那样的严密的宗法政治制度，其贵族一直拥有比较独立的势力。这对于楚国同北方国家的对抗也许是不利的，但另一方面，在这样的生活环境中，个人受集体的压抑较少，个体意识相应就比较强烈。一直到汉代，楚人性格的桀骜不驯，仍是举世闻名。

原始宗教——巫教的盛行，有时被看作楚文化落后的表现，也许不无道理；但这也给楚地的艺术增添了一层富于幻想和浪漫的气氛。

在这样的条件下产生的楚辞，具有激烈动荡的情感、奇幻的想象和华美的语言形式，与《诗经》的基本风格大异其趣。而两者的交汇，为后世诗歌的发展奠定了重要的基础。

楚辞的形成理应经历了较长的过程，但我们现在能够看到的，已经是屈原的杰出创造，他是中国文学史上第一位伟大的诗人。

屈原的生平不是很清晰，只是大致轮廓尚可描述：他是楚国的同姓贵族，年轻时受到楚怀王的高度信任，成为楚国内政外交的核心人物。但在楚国由于内政外交举措失当而趋于败乱的过程里，屈原本人也遭遇诬陷与迫害，两度被流放。当秦将白起攻破楚都郢（今湖北江陵）后，屈原眼看自己的国家已经无望，又不能离开故土，于悲愤交加之中，自沉于汨罗江。他留下的作品，主要有《离骚》、《天问》以及《九歌》一组11篇、《九章》一组9篇。

《离骚》作为一个崇高而痛苦的灵魂的自传，既抒发了屈原对祖国的忠贞，也表达了他在完全孤立的境地下强烈的高傲和自信。他坚定地、再三地表示：决不放弃自己的理想而妥协从俗，宁死也不肯丝毫改变自己的人格。他的诗在多种意义上给后人树立了榜样。

到了汉代，先秦时代主要的两种诗体都不再流行。《诗经》的四言体虽断续有人效仿，但无甚佳作；楚辞体则主要向赋的方向转化，形成一种介于诗与文之间的特殊文体。

汉代诗歌的重要变化是五言诗的兴起。

五言诗的句式虽然只是比四言句多一个字，节奏却要活泼很多。四言诗总是由两个双音节单元组成，无法形成变化。如果说这种诗体表现朴素、单纯的情调也有相宜之处，要表现细腻的变化和活跃的情绪就会有困难。由于不方便组句，仅为凑足音节而无实义的字也会用得比较多。而五言诗句中一个单音节和两个双音节单元可以构成多种不同的组合方式，因此更能适应叙事与抒情的需要；组句的方便，也为追求更精炼更巧妙的表达提供了条件。

汉初曾一度流行与楚辞同源，用楚地方言歌唱、楚地音乐伴奏的楚歌，项羽的《垓下歌》、刘邦的《大风歌》最为著名。而非常接近纯五言诗形式的作品，最早的当数汉高祖姬戚夫人《舂歌》和李延年的《佳人歌》。而被视为代表汉代五言诗最高艺术水准的《古诗十九首》以及风格与之相近的一批“古诗”，关于其写作年代自古以来就颇多异见，现代学界仍然纷争不定。由于这些诗没有明确的作者，在流行过程中常常会受到传写者的修改；也许，不管它们最初如何产生，到东汉中后期才被写定，这种可能性还是比较大的。

汉代诗歌中，乐府民歌是另一类格外值得关注的作品。

“乐府”一词，最初是指主管音乐的官府，后人把由乐府配乐演唱的诗也称为“乐府”。在乐府诗中，朝廷典礼所用的乐章主要是由文人写作的，在普通场合演唱的歌辞，则主要是从各地搜集来的民歌。为了区别于文人制作的乐府歌辞，习惯上把后者称为“乐府民歌”。

现存的汉乐府民歌数量不算多。但是，在到汉为止的中国文学史上，它显示出特异的光彩；其对后世诗歌发展的意义，可与《诗经》、楚辞相媲美。约略言之：

第一，汉乐府民歌具有浓厚的生活气息，尤其是第一次具体而深入地反映了社会下层民众日常生活的艰难与痛苦。《诗经》中的国风部分，虽然也有比较浓厚的生活气息，但反映社会下层生活的特征并不显著，更谈不上具体深入。汉乐府民歌中的许多诗篇，如《妇病行》、《东门行》、《艳歌行》等，直面底层生活的真实，读来发人深省，令人确有耳目一新之感。

第二，汉乐府民歌奠定了中国古代叙事诗的基础。如前所述，中国诗歌一开始，抒情诗就占有压倒的优势，真正意义上的叙事作品几乎不存在。而现存的汉乐府民歌，约有三分之一为叙事性的作品，这个比例不算低。虽然大多数篇幅较短小，由于能够集中刻画具有典型意义的生活片断，依然能够很好地描绘出故事展开的过程和人物的精神面貌。

汉乐府民歌中略长一些的诗篇有《陌上桑》，赞美一位美丽的女子，同时写一个好色官员的失败，是带有喜剧性的作品。而《孔雀东南飞》(原名《古诗为焦仲卿妻作》)以长达一千七百六十五字的篇幅，描述一个由于家长的蛮横破坏而造成的家庭悲剧，成功地塑造了多个人物形象，更是汉乐府民歌中具有经典性的长诗。

先秦两汉诗歌是中国古诗的上游。乘流而下，风光更为旖旎多变。

目　录

#《诗经》

关　　雎①

【题解】

本诗为"诗三百篇"的首篇，也是《诗经·国风》的第一篇。《诗经》是我国最早的诗歌总集，历代被列为儒家的"六艺"之一，相传曾经孔子编定，分为《风》、《雅》、《颂》三大类，收录了从周初至春秋中叶五百余年间的诗歌三百零五篇。它们从各个角度表现了周代社会生活，如建国经过、政治历史、劳动生产以及人民的生活哀乐等。《诗经》的句式以四言为主，分章押韵，并根据内容需要采取赋、比、兴的表现手法，对后代诗歌创作产生深远影响。《关雎》是歌咏男女恋情的诗篇，诗中的"君子"是当时对贵族男子的称呼，琴瑟、钟鼓，也都是贵族使用的乐器。全诗铺叙"君子"对采荇女子"求之不得"的痛苦，并憧憬着与心上人亲近、结婚。语言优美，音节铿锵，于复叠咏唱中流露"温柔敦厚"的情感。

关关雎鸠②，在河之洲③。窈窕淑女④，君子好逑⑤。
参差荇菜⑥，左右流之⑦。窈窕淑女，寤寐求之⑧。

---

① 本诗选自中华书局1987年版王先谦《诗三家义集疏》卷一。② 关关：和鸣声。雎(jū)鸠：鸟名，即鱼鹰。③ 洲：水中沙洲。以上用雎鸠雌雄和鸣，借喻君子、淑女的和谐。④ 窈(yǎo)窕(tiǎo)：娴静。淑：美善。⑤ 好逑(qiú)：好配偶。⑥ 参(cēn)差(cī)：长短不齐状。荇(xìng)菜：可食用的水生植物。⑦ 左右：左手、右手。流：捋取。之：指荇菜。⑧ 寤：醒着。寐：睡着。

求之不得，寤寐思服[⑨]。悠哉悠哉[⑩]，辗转反侧[⑪]。
参差荇菜，左右采之。窈窕淑女，琴瑟友之[⑫]。
参差荇菜，左右芼之[⑬]。窈窕淑女，钟鼓乐之[⑭]。

⑨ 思服：想念。⑩ 悠哉悠哉：犹言想念啊、想念啊。⑪ 辗转反侧：翻来覆去，不能入眠。⑫ 琴瑟：弦乐器。琴有五弦或七弦，瑟有二十五弦。友之：亲近淑女。⑬ 芼(mào)：择取。⑭ 钟鼓：敲击乐器，喜庆时演奏。乐之：使淑女快乐。此隐喻婚礼。

（吴　格）

卷　耳[①]

【题解】

这是描写一位贵妇怀念远行丈夫的诗篇。首章写贵妇因思念外出的丈夫而中止采卷耳的劳作，后三章贵妇想象其夫在外生活的情况。贵妇的丈夫出征在外，久久未归。为了排遣心中愁绪，她提着小筐到野外采摘卷耳，以解郁闷。但是她心不在焉，采着采着，就陷入了沉思之中。她想象丈夫驾车登山，饮酒遣怀，最后马疲惫了，仆人也病倒了，正在旅途上受苦。通篇借想象丈夫在外的情景，传出自己的思念与忧虑，手法独特。

① 本诗选自中华书局1987年版王先谦《诗三家义集疏》卷一。

采采卷耳[2]，不盈顷筐[3]。嗟我怀人[4]，寘彼周行[5]。
陟彼崔嵬[6]，我马虺隤[7]。我姑酌彼金罍[8]，维以不永怀[9]。
陟彼高冈，我马玄黄[10]。我姑酌彼兕觥[11]，维以不永伤。
陟彼砠矣[12]，我马瘏矣[13]，我仆痡矣[14]，云何吁矣[15]。

② 采采：不断地采。卷耳：苓耳，亦名苍耳，可食用或作药。③ 盈：盛满。顷筐：浅筐。④ 嗟：发语词。怀：思念。⑤ 寘：同“置”。彼：那。周行(háng)：大道。⑥ 陟(zhì)：登。崔嵬：高而险峻的土石山。⑦ 我：诗人想象中的丈夫自我。虺(huǐ)隤(tuí)：因病而腿软。⑧ 姑：姑且。酌：斟酒。金罍(léi)：青铜制的酒器，贵族所用。⑨ 维：发语词。以：借此。永怀：长久地思念。此句意为借酒排遣愁怀。⑩ 玄黄：马病貌。⑪兕(sì)觥(gōng)：犀牛角制成的大酒杯。⑫ 砠(jū)：多石的山。⑬ 瘏(tú)：患病。⑭ 仆：车夫。痡(pū)：患病。⑮ 云：语助词。吁：忧。此句意为：多么忧伤。

（吴　格）

芣　苢[1]

【题解】

这是一群妇女采摘芣苢时的歌唱，和后代的采花调、采茶歌相似。清人方玉润认为，此诗是表现田家妇女，三五结伴，在风和日丽的平原绣野中，采集芣苢，群歌唱答的情景(《诗经原始》)。全诗十二句，复叠三章，句式相同，仅更换了六个动词，反映出

① 本诗选自中华书局1987年版王先谦《诗三家义集疏》卷一。

歌唱者脱口而出、率直喜悦的情绪，并表现了劳动过程的逐步深入。重章叠句，反复回环，于朴实清新中荡漾着隽永的韵味。

采采芣苢[2]，薄言采之[3]。采采芣苢，薄言有之[4]。采采芣苢，薄言掇之[5]。采采芣苢，薄言捋之[6]。采采芣苢，薄言袺之[7]。采采芣苢，薄言襭之[8]。

---

② 芣(fú)苢(yǐ)：车前草，古人认为其种籽可以治妇女的不孕和难产。③ 薄、言：语助词。之：指芣苢。采之：开始采摘芣苢。④ 有之：采得芣苢。⑤ 掇(duó)：拾取。⑥ 捋(luō)：从茎上抹取。⑦ 袺(jié)之：拉起衣角兜着采到的芣苢。⑧ 襭(xié)之：把衣襟掖在腰间盛放采到的芣苢。

（吴　格）

汉　广[1]

【题解】

本篇是汉水之滨一位樵夫的恋歌。作者在江畔采薪，缅想传说中美丽而不可亲近的汉水女神，怀念自己的情人，并憧憬着新婚早日降临。樵夫遥望江南岸高耸的林木，

---

① 本篇选自中华书局1987年版王先谦《诗三家义集疏》卷一。

想象风姿妙曼的女神或许就会出现在那里，但是烟波浩茫，江水宽广悠长，既不能游水过江，连乘筏恐也难以到达，心中生出无限的怅惘。全诗三章，各章后四句对江水宽广难以逾越反复咏叹，暗喻自己与情人的婚事也一时难以实现，徘徊瞻望，言有尽而意无穷。

南有乔木②，不可休息③。汉有游女④，不可求思⑤。汉之广矣⑥，不可泳思⑦。江之永矣⑧，不可方思⑨。

翘翘错薪⑩，言刈其楚⑪。之子于归⑫，言秣其马⑬。汉之广矣，不可泳思。江之永矣，不可方思。

翘翘错薪，言刈其蒌⑭。之子于归，言秣其驹⑮。汉之广矣，不可泳思。江之永矣，不可方思。

---

② 南：江南岸，诗人在汉水北岸南望。乔木：高大的树木。③ 不可：不能。休息：一作“休思”，言无法到那树下去休憩。④ 汉：汉水，源出陕西，东流至今湖北汉阳汇入长江。游女：飘忽无踪的汉水神女。⑤ 求思：亲近。思，与下“泳思”、“方思”之“思”字都是语助词。⑥ 广：江面开阔。⑦ 泳：泅水前往。⑧ 永：江水悠长。⑨ 方：以筏渡江。⑩ 翘翘：高耸貌。错薪：灌木丛，可刈取作柴薪。⑪言：语助词。刈(yì)割取。楚：荆条，可喂马。⑫ 之子：那位姑娘，指樵夫心目中的情人。于归：出嫁，古人称女子嫁人为“归”。⑬ 秣(mò)：喂养。此言姑娘一旦嫁来我家，我就用嫩荆条喂饱她的乘马。⑭蒌(lóu)：蒌蒿，生水边，也可饲马。⑮驹(jū)：小马驹。

（吴　格）

谷风[1]

【题解】

本篇是一位弃妇的怨歌，篇首以"习习谷风，以阴以雨"起兴，全诗即被笼罩在忧郁沉重的气氛中。女主人公勤劳奋勉，与丈夫共同建设了家园，一旦年老色衰，丈夫即心生厌意，始而虐待，继而弃逐，将妻子逼入无可依靠的绝境。诗中以倒叙、插叙相间的手法，反复述说了一段不幸婚姻的过程，令人对性格善良而孤苦无依的女主人公产生深切的同情。

习习谷风[2]，以阴以雨[3]。黾勉同心[4]，不宜有怒[5]。采葑采菲[6]，无以下体[7]。德音莫违[8]，及尔同死[9]。

行道迟迟[10]，中心有违[11]。不远伊迩[12]，薄送我畿[13]。谁谓荼苦[14]，其甘如荠[15]。宴尔新昏[16]，如兄如弟[17]。

---

① 本篇选自中华书局1987年版王先谦《诗三家义集疏》卷三。② 习习：风势连续不断貌。谷风：东风。③ 以：为。以阴以雨，言天气时阴时雨，喻丈夫的性情喜怒不定。④ 黾(mǐn)勉：勉力，努力。⑤ 不宜：不应该。以上两句言，夫妇应同心同德，努力持家。而不应喜怒无常。⑥ 葑：蔓菁。菲：罗卜，均为叶、茎根可食的植物。⑦ 下体：下部的根茎。以上两句言，对蔓菁、罗卜一类的植物，不能因其根茎可食，就丢弃其叶子，以喻不能因妇女色衰而遂加厌弃。⑧ 德音：善言的规劝。⑨ 及：与。尔：你。⑩迟迟：缓慢貌。⑪ 中心：心中。有违：不满。以上两句言弃妇被逐，一路蹒跚，满怀怨恨。⑫ 伊迩：唯迩，很近。⑬ 薄：语助词。畿：门槛。以上两句言，不是很远的路，你却只送我到门口。⑭ 荼(tú)：苦菜。⑮ 荠(jì)：带甜味的菜。以上两句言，谁说荼菜是苦的，比起我的遭遇来，它就像荠菜一样甘甜。⑯ 宴尔：安乐貌。新昏：新婚，指丈夫新娶妻室。⑰ 如兄如弟：言感情深厚如兄弟。

泾以渭浊[18]，湜湜其沚[19]。宴尔新昏，不我屑以[20]。毋逝我梁[21]，毋发我笱[22]。我躬不阅[23]，遑恤我后[24]。

就其深矣[25]，方之舟之[26]。就其浅矣[27]，泳之游之[28]。何有何亡[29]，黾勉求之[30]。凡民有丧[31]，匍匐救之[32]。

不我能慉[33]，反以我为仇。既阻我德[34]，贾用不售[35]。昔育恐育鞫[36]，及尔颠覆[37]。既生既育[38]，比予于毒[39]。

我有旨蓄[40]，亦以御冬[41]。宴尔新昏，以我御穷[42]。有洸有溃[43]，

---

⑱ 泾：泾水。渭：渭水，两水都发源于今甘肃境内，流至今陕西省高陵县汇合，相传泾水浊而渭水清。⑲ 湜(shí)湜：水清见底貌。沚：河底。以上两句言，渭水因与泾水合流而浑浊，但渭水在静止时仍然清澈见底，喻丈夫只是因为有了新妇，才对自己看不入眼。⑳ 不我屑以：不屑和我在一起。㉑ 毋：不要。逝：前往。梁：鱼梁，河中拦水捕鱼的坝。㉒ 发：拨乱。笱(gǒu)：捕鱼的竹篓。以上两句言，不要到我筑的鱼梁上去，不要乱动我设置的鱼篓。㉓ 躬：身。阅：容。㉔ 遑：闲暇。恤：顾及。以上两句言，既然我自身都不被丈夫所容，哪有闲暇再虑及身后之事呢。㉕ 就：遇到。深：深水。㉖ 方：用筏。舟：用船。㉗ 浅：浅水。㉘ 泳：潜水。游：浮水。㉙ 有：富足。亡：同"无"，贫乏。㉚ 求：操持治理。以上四句为妇人回忆自己往日操持家务，将家事处理得井井有条。㉛ 民：人，指邻里。丧：丧葬事。㉜ 匍(pú)匐(fú)：爬行貌，引申为做事尽力。救：帮助。㉝ 慉(xù)：顾念，喜爱。不我能慉，即不能慉我。㉞ 阻：阻难。德：善。㉟ 贾：商贾。用：因而。以上四句言，丈夫不喜欢我，反而视我为仇人，使得我的善意都遭到阻难，就像商贾售不出自己的货物。㊱ 育：养育，犹言生活。恐：恐惧。鞫(jū)：穷困。㊲ 及尔：与你一起。颠覆：受困苦。㊳ 既：已。既生既育，言有了家产，生活渐裕。㊴ 予：我，指妇人。毒：毒物。以上四句言，当初生活穷困，我与你一起忍受穷困，如今有了财富，生活安定，你却将我当作了毒物。㊵ 旨蓄：美味的干菜。㊶ 御冬：指干菜预备过冬食用。㊷ 御穷：对付穷困。㊸ 有洸(guāng)：洸洸，水势汹涌，喻暴虐状。有溃：溃溃，水盛貌，喻愤怒状。

既诒我肄[44]。不念昔者[45],伊余来塈[46]。

---

[44] 诒:通"贻",给。肄(yì):劳苦。以上两句言,丈夫对自己打骂虐待,逼迫自己不断劳苦。[45] 念:记得。昔者:当年。[46] 伊:唯。来:语助词。塈(jì):疑假作"㤅",古"爱"字。以上两句言:丈夫全不记得,当初曾说只爱我一个人。

(吴　格)

北　风[1]

【题解】

这是一首逃亡者的哀歌。人民不堪国君的虐政,呼唤亲友,结伴逃亡。诗中对北风凄厉、雨雪冰凉的景物描写,渲染出一种悲惨的气氛;对赤狐、黑乌形象的借喻,更增添了恐怖的色彩。各章音节由舒缓变为急促,给人以紧迫沉重的感受。

北风其凉,雨雪其雱[2]。惠而好我[3],携手同行。其虚其邪[4],既亟只且[5]。

---

[1] 本诗选自中华书局1987年版王先谦《诗三家义集疏》卷三。[2] 雨雪:下雪。雨,动词。雱(páng):雪盛貌。其雱,即雱雱。[3] 惠而:惠然,仁爱。好(hào):亲善。[4] 其:语助词。虚:通"舒"。邪:通"徐"。舒、徐,皆迟缓意。[5] 既:已经。亟:同"急"。只且(jū):语气词。此句言事已紧迫,不容犹豫。

北风其喈⑥，雨雪其霏⑦。惠而好我，携手同归。其虚其邪，既亟只且。

莫赤匪狐⑧，莫黑匪乌⑨。惠而好我，携手同车⑩。其虚其邪，既亟只且。

⑥ 喈(jiē)：风疾而有声貌。⑦ 其霏：霏，雪盛状。⑧ 莫：无。匪：同“非”。莫赤匪狐，即莫非赤狐，言所见无一不是赤狐。赤狐，狡兽。⑨ 莫黑匪乌：莫非黑乌，言所见无一不是黑乌。乌啼为不祥之声，满眼黑乌与赤狐，喻世道黑暗，天下将大乱。⑩ 同车：言同车出逃。因为当时平民不能坐车，所以朱熹认为这句是指贵族。

（吴　格）

静　女①

【题解】

本篇是一位男子叙述与情人约会的情歌。短短三章白描，即勾勒出一幅生动的古代男女生活画面。前两章写约会时青年男女的心情与举动，第三章写男子珍重姑娘所赠的礼物，表达出热恋中人特有的心态和诚挚。

① 本篇选自中华书局1987年版王先谦《诗三家义集疏》卷三。

静女其姝[2],俟我于城隅[3]。爱而不见[4],搔首踟蹰[5]。
静女其娈[6],贻我彤管[7]。彤管有炜[8],说怿女美[9]。
自牧归荑[10],洵美且异[11]。匪女之为美,美人之贻[12]。

---

② 静女:娴静的姑娘。姝(shū):美好貌。③ 俟(sì):等候。城隅(yú):城墙上的转角处。④ 爱:通"薆",隐藏。⑤ 搔首:不安貌。踟蹰:心中疑惑,想走又不忍离去貌。以上两句言,姑娘调皮地躲藏起来,使男子心情不安,焦急忧虑。⑥ 娈(luán):美好貌。⑦ 彤管:红色的管状物,前人分别解释为笔、乐管或草茎,均可通。⑧ 炜:光泽貌。⑨ 说(yuè)怿(yì):喜爱。女:汝,指姑娘所赠的彤管。⑩ 牧:野外。归:通"馈",赠送。荑(tí):草木初生的嫩芽。⑪ 洵:确实。异:奇异。⑫ 贻:赠送。此两句言,并不是荑草美丽,而因为它是心爱人所赠。

(吴　格)

柏　舟[1]

【题解】

本诗写一位少女爱上一个男子,却得不到父母的谅解,她不甘屈服,自誓忠贞不移,至死无悔,表达了热烈真挚的情感。少女为抒发胸中的忧怨,驾舟到河里飘荡,河水滔滔,恰如满怀不平静的思绪。

---

① 本诗选自中华书局1987年版王先谦《诗三家义集疏》卷三。

泛彼柏舟[②]，在彼中河[③]。髧彼两髦[④]，实维我仪[⑤]，之死矢靡它[⑥]。母也天只[⑦]，不谅人只。

泛彼柏舟，在彼河侧。髧彼两髦，实维我特[⑧]，之死矢靡慝[⑨]。母也天只，不谅人只。

---

② 泛彼：泛泛，荡舟貌。柏舟：柏木制成的小船。③ 中河：河中。④ 髧（dàn）：头发下垂貌。两髦：古代未成年男子的发式，头发从前额向两边分披，至脑后扎成两绺，左右各一，称两髦。⑤ 实：是。维：为。仪：配偶。此指心上人即垂发少年。⑥ 之死：至死。矢：誓。靡（mǐ）他：无他心。⑦ 也、只：皆语气词。⑧ 特：匹偶。⑨ 慝（tè）：更改。

（吴　格）

载　　驰[①]

【题解】

本诗为《诗经》中有作者可考的作品之一。作者许穆夫人是卫后宣姜的女儿，嫁于许国。许穆夫人未嫁时，许穆公和齐桓公都曾向卫国求婚，她的本意是要嫁到强大的邻国齐国，这样，万一卫国遇到外侮，就可得到齐国的支援。可是卫懿公没有听从她的意见，答应了许国的求婚。公元前六六〇年，卫国被狄人所灭，懿公战死，国人分散，流离失所，暂居于漕邑。许穆夫人闻讯，立刻驱车前往漕邑，并提出连齐抗狄的主张，获得齐桓公的支持，复国于楚丘（见《左传》）。《载驰》一诗，即许穆夫人动身前往漕

---

① 本诗选自中华书局1987年版王先谦《诗三家义集疏》卷三。

邑途中所作，表现了一位有胆识的贵族妇女形象。

载驰载驱[2]，归唁卫侯[3]。驱马悠悠[4]，言至于漕[5]。大夫跋涉[6]，我心则忧[7]。

既不我嘉[8]，不能旋反[9]。视尔不臧[10]，我思不远[11]。既不我嘉，不能旋济[12]。视尔不臧，我思不閟[13]。

陟彼阿丘[14]，言采其蝱[15]。女子善怀[16]，亦各有行[17]。许人尤之[18]，众稚且狂[19]。

我行其野，芃芃其麦[20]。控于大邦[21]，谁因谁极[22]。

---

② 载：发语词。驰：与下“驱”均是快马加鞭的意思。③ 唁：慰问死者家属或失国者。④ 悠悠：路途遥远。⑤ 言：语助词。漕：卫国邑名，在今河南淇县东。⑥ 大夫：许国的大臣。跋涉：登山涉水。此句言许国大臣赶来劝阻许穆夫人返卫。⑦ 忧：忧伤。此句言许穆夫人知道大臣赶来挡驾，心中更感忧伤。⑧ 既：都。嘉：赞同。我嘉，即嘉我。此句言许国臣民都反对自己离去。⑨ 旋反：返回卫国。⑩ 视：通“示”。尔：你们；通“藏”，隐瞒。⑪ 不远：不会因远离卫国就不顾它的安危。以上两句意为：我的内心可以毫不隐藏地告诉你们，我不会因远离卫国就不去关心它。⑫ 济：渡河。旋济，指渡河返回卫国。⑬ 閟(bì)：闭。此句言我对于卫国的思念不会停止。⑭ 陟(zhì)：攀登。阿丘：途中的一座山丘。⑮ 蝱(méng)：贝母，据说是可以治郁积症的草药。以上两句言许穆夫人受到阻挠，不得不登山采蝱，以治心病。⑯ 善怀：多愁善感。⑰ 行：道理。以上两句意为：虽说妇女们免不了多愁善感，但她们的思虑却有各自的道理。⑱ 尤：过失，此处作动词用。之：指许穆夫人的想法。此句言许国臣民都反对许穆夫人返卫。⑲ 众：既。稚：幼稚，一说骄傲。狂：愚妄。此句言许人既骄傲又愚妄。⑳ 芃(péng)芃：茂盛状。㉑ 控：陈诉，赴告。大邦：大国。㉒ 因：亲近，依靠。极：至，带兵到他国救难称“至”。以上两句意为：我要到大国去求援，哪个国家与卫国亲近就去求谁。

大夫君子[23]，无我有尤[24]。百尔所思[25]，不如我所之[26]。

㉓ 大夫君子：指许国大臣。㉔ 无我有尤：不要对我责备。㉕ 百尔：你们众人。所思：指众人所考虑的。㉖ 之：往，至。所之，言自己志之所在。以上两句意为：你们众人所考虑的，都不如我的决心和行动。

（吴　格）

氓[1]

【题解】

这是一首弃妇的怨诗。全诗采用第一人称，叙述了妇人与丈夫的恋爱、成婚、受虐、被弃的经历，充满了哀伤与悔恨。哀怨之中，又表达了决绝的态度，形象地表现了作者的性格特色，反映了古代妇女在婚姻生活中的不幸。作为一首内容完整的妇女叙事诗，本诗不仅在《诗经》中具有特色，在我国诗歌发展史上也有重要地位。

氓之蚩蚩[2]，抱布贸丝[3]。匪来贸丝[4]，来即我谋[5]。送子涉淇[6]，

---

① 本诗选自中华书局1987年版王先谦《诗三家义集疏》卷三。② 氓（méng）：民，这里指弃妇的丈夫。蚩（chī）蚩：嘻笑状。③ 布：布泉，周代的货币，一说即布匹。贸：买，交换。丝：蚕丝。以上两句意为：氓当年是个笑嘻嘻的年轻人，带着钱币前来购丝，因此和妇人相识。④ 匪：通“非”。⑤ 即：就。谋：商议婚事。以上两句意为：氓来的目的不是为了买丝。而是想与我商议婚娶。⑥ 子：你，指氓。淇：淇水，卫国境内的河流。

至于顿丘[7]。匪我愆期[8]，子无良媒。将子无怒[9]，秋以为期[10]。

乘彼垝垣[11]，以望复关[12]。不见复关，泣涕涟涟[13]。既见复关，载笑载言[14]。尔卜尔筮[15]，体无咎言[16]。以尔车来[17]，以我贿迁[18]。

桑之未落[19]，其叶沃若[20]。于嗟鸠兮，无食桑葚[21]。于嗟女兮，无与士耽[22]。士之耽兮，犹可说也[23]。女之耽兮，不可说也。

桑之落矣，其黄而陨[24]。自我徂尔[25]，三岁食贫[26]。淇水汤汤[27]，渐车帷裳[28]。女也不爽[29]，士贰其行[30]。士也罔极[31]，二三其德[32]。

三岁为妇，靡室劳矣[33]。夙兴夜寐[34]，靡有朝矣[35]。言既遂矣[36]，至

---

⑦ 顿丘：地名，在淇水南。⑧ 愆(qiān)期：延误婚期。⑨ 将(qiāng)：请，愿。⑩ 秋以为期：以秋为婚期。⑪ 乘：登上。垝(guǐ)垣：颓坏的屋墙。⑫ 复关：地名，氓的住处，借指氓。⑬ 涟涟：流泪貌。以上四句言妇人与氓分别后的想念之情。⑭ 载：通"则"。⑮ 尔：你。卜：用龟甲卜卦。筮(shì)：用蓍草占筮。⑯ 体：卦象，即卜卦占筮的结果。咎言：不吉利的结果。以上四句意为：妇人与氓重逢后，满怀喜悦，与氓一起卜筮，最后确定婚期。⑰ 车：氓迎娶妇人的车子。⑱ 贿：财物，指妇人的嫁妆。迁：搬走。⑲ 落：桑果成熟。⑳ 沃若：肥沃茂盛貌。以上两句以桑叶肥泽，喻新婚时氓情意浓厚。㉑ 于嗟：叹词。鸠：鸟名，喜食桑果。桑葚(shèn)：桑果。㉒ 耽：耽乐。以上两句以鸠之贪食桑果易醉，喻女子不可被欢爱迷惑。㉓ 说：解说。一说，说读为脱，意为解脱。㉔ 黄：桑叶黄萎。陨：落。以上两句以桑叶黄落喻妇人色衰，氓的情意也随之淡薄。㉕ 徂：往。徂尔：嫁到你家。㉖ 三岁：多年。食贫：生活贫困。㉗ 汤(shāng)汤：水盛貌。㉘ 渐：浸湿。帷裳：车上的布幔。以上两句言妇人被弃，渡过淇水而返家。㉙ 爽：过错。㉚ 贰：忒，过错。行：行为。以上两句妇人言自己毫无过失，是氓的行为有错误。㉛ 罔极：无准则，反复无常。㉜ 二三其德：指氓三心二意，用情不专。㉝ 靡：无。室劳：操持家务的辛劳。靡室劳矣，妇人言自从嫁为氓妻，从不以家务辛劳。㉞ 夙：早。兴：起。寐：睡。夙兴夜寐，言早起晚歇。㉟ 朝：朝夕。靡有朝矣，言不止一日。㊱ 言：语助词。遂：久。

于暴矣[37]。兄弟不知，咥其笑矣[38]。静言思之[39]，躬自悼矣[40]。

及尔偕老[41]，老使我怨[42]。淇则有岸，隰则有泮[43]。总角之宴[44]，言笑晏晏[45]。信誓旦旦[46]，不思其反[47]。反是不思[48]，亦已焉哉[49]。

㊲ 暴：暴虐。以上两句言妇人在氓家久了，氓的态度就变得暴虐。㊳ 咥(xì)：耻笑貌。以上两句言妇人被弃，回家遭到兄弟的耻笑。㊴ 静言思之：冷静下来回想。言，语助词。㊵ 躬：自己。悼：哀伤。此句言自己越想越伤心。㊶ 及：与。偕：一齐。及尔偕老，言当初曾决心与氓白头共老。㊷ 老使我怨：想不到老了使我如此怨恨。㊸ 隰(xí)：低湿之地。泮(pàn)：畔，边。㊹ 总角：男女未成年时头发束成两角貌，指少年时。宴：安乐。㊺ 晏晏：和悦貌。以上两句妇人回忆自幼与氓相好。㊻ 信誓旦旦：言氓当初曾立下诚恳的誓言。㊼ 不思其反：想不到今天全部违反了誓言。㊽ 反是不思：与上句同义。㊾ 已：完。亦已焉哉：言既然你违背了当初的誓言，那也就算了吧！

（吴　格）

河　　广[1]

【题解】

本篇是流落卫国的宋人思念家乡之歌。从诗歌的内容来看，作者何故离开家乡不能确知，但他对于家乡的渴念，盼望早日回乡的急切之情，却跃然纸上。由于感情充沛，想象真切，诗章虽短，却具有强烈的感染力。

---

① 本篇选自中华书局1987年版王先谦《诗三家义集疏》卷三。

谁谓河广[2]？一苇杭之[3]。谁谓宋远？跂予望之[4]。谁谓河广？曾不容刀[5]。谁谓宋远，曾不崇朝[6]。

---

② 谓：说。河：黄河，卫国在黄河北岸，宋国在黄河南岸。广：宽广。③ 一苇：一片苇叶。杭：通"航"。之：指黄河。以上两句言，谁说黄河宽广呢？一片苇叶也能飘过河去。④ 跂(qǐ)：通"企"，踮起脚跟。予：我。⑤ 曾：乃。刀：通"舠"，小船。⑥ 崇朝：终朝，一个早上。以上四句言，谁说黄河宽广呢？竟连一条渡河的小船也容纳不了。谁说宋国距离远呢？其实要回家用不了一个早上就够了。

（吴　格）

伯　兮[1]

【题解】

本诗写一位武士出征，妻子家居，备受相思之苦。描写细腻，感情诚挚，历来被视为思妇诗之绝唱。诗分四章，女主人公且述且议，先回忆丈夫的英姿以自慰，次述自从丈夫出征，即无心梳洗，头发乱如蓬草，把"女为悦己者容"的心理刻画得极为动人。三四章写盼雨而日出，欲忘忧而相思更切，将思妇的心理表现得婉曲尽致。

伯兮朅兮[2]，邦之桀兮[3]。伯也执殳[4]，为王前驱[5]。

---

① 本诗选自中华书局1987年版王先谦《诗三家义集疏》卷三。② 伯：丈夫。朅(qiè)：勇武貌。③ 邦：国家。桀：杰出的人材。④ 殳(shū)：古代竹制竿状兵器。⑤ 前驱：先锋。

自伯之东[6]，首如飞蓬[7]。岂无膏沐[8]，谁适为容[9]。
其雨其雨[10]，杲杲出日[11]。愿言思伯[12]，甘心首疾[13]。
焉得谖草[14]，言树之背[15]。愿言思伯，使我心痗[16]。

---

⑥ 之东，指出征东方。⑦ 飞蓬：随风飞舞的蓬草。此句言无心梳洗，头发散乱如蓬草。⑧ 膏沐：梳妆用的膏油。⑨ 适(dí)：悦。容：修饰。以上两句言，哪里是没有膏沐梳洗，只是修饰容貌又为了取悦于谁呢？ ⑩ 其：语助词。其雨其雨，犹言盼雨盼雨。⑪ 杲(gǎo)杲：光明貌。⑫ 愿言：念念不忘貌。⑬ 甘心：情愿。首疾：头痛。此言念念不忘地思念"伯"，想得头痛也心甘。⑭ 焉得：何处可得。谖(xuān)草：萱草，又名忘忧草。⑮ 言：乃。树：植。背：背阴处。以上两句言，因思伯而头痛，突发奇想，要种植萱草以忘忧。⑯ 痗(mèi)：病。心痗，心痛成病。

（吴　格）

黍　离[1]

【题解】

本诗是一位行旅者忧思深切的咏歌。诗人远离家国，久滞他乡，触物伤怀，诉说了难以排遣的忧思。关于此诗的背景，前人以为是凭吊故国的遗址。公元前771年犬戎攻破镐京，杀死幽王，平王东迁洛邑，从此称为东周。东周初年，有位周王朝的

---

① 本诗选自中华书局1987年版王先谦《诗三家义集疏》卷四。

大夫重临镐京，见到原先的宗庙宫殿都已废圮，长满庄稼，他感慨世事兴衰，因作此诗。“故国黍离”一词，从此专指亡国之悲哀。但从诗歌本身来看，并未言及时事，诗人郁积心中的深忧，反复向苍天呼告的痛苦，究竟根原何在，似难以确定。诗分三章，各章变化极少，只换了六个字，反复咏唱之中，却有着低回俯仰、不回环咏歌不足以尽意的感染力。

彼黍离离②，彼稷之苗③。行迈靡靡④，中心摇摇⑤。知我者谓我心忧，不知我者谓我何求⑥。悠悠苍天⑦，此何人哉⑧！

彼黍离离，彼稷之穗⑨。行迈靡靡，中心如醉。知我者谓我心忧，不知我者谓我何求。悠悠苍天，此何人哉！

彼黍离离，彼稷之实⑩。行迈靡靡，中心如噎⑪。知我者谓我心忧，不知我者谓我何求。悠悠苍天，此何人哉！

---

② 彼：语助词。黍：粮食作物，俗称黄米。离离：茂盛貌。③ 稷：高粱。④ 行迈：远行。靡靡：迟缓貌。⑤ 摇摇：同“愮愮”，忧愁不解貌。⑥ 何求：想要什么。以上两句言。理解我的人尚能知这忧愁的滋味，不理解我的人则耻笑我，不知我想要求什么。⑦ 悠悠：高远貌。⑧ 此何人哉：这是什么人造成的啊。以上两句为诗人对天的呼告，表达了郁积内心的极度隐痛。⑨ 穗：禾穗。⑩ 实：谷实。谷实，与上禾苗、禾穗，暗喻岁月的推移。⑪ 噎(yē)：气噎，指心绪郁结。

（吴　格）

君子于役①

【题解】

此诗与《伯兮》题旨相同，也是妻子怀念在外服役的丈夫之诗。《诗经》中思妇闺怨之诗频见，反映了当时战争连绵，征戍频仍，社会动荡，使人民生活不能安定。此诗特色，在寓情于景，女主人公没有正面述说内心痛苦，却描绘了一幅落日衔山，暮色苍茫，鸡栖敛翅，牛羊归栏的乡村暮景图，令人从中体味思妇的寂寞与惆怅，引发无限的感慨。

君子于役②，不知其期③。曷至哉④？鸡栖于埘⑤，日之夕矣⑥，羊牛下来⑦。君子于役，如之何勿思⑧。

君子于役，不日不月⑨。曷其有佸⑩？鸡栖于桀⑪，日之夕矣，羊牛下括⑫。君子于役，苟无饥渴⑬。

---

① 本诗选自中华书局1987年版王先谦《诗三家义集疏》卷四。② 君子：妇人对丈夫的称呼。于役：服役于外。③ 期：归期。④ 曷：何。至：到家。曷至哉，犹言什么时候回家。⑤ 栖：栖息。埘(shí)：凿墙砌成的鸡舍。⑥ 夕：日暮。⑦ 羊牛下来：言牛羊沿着山坡回村来。⑧ 如之何勿思：如何能不苦苦思念。⑨ 不日不月：无日无月，言等待的时间长久。⑩ 佸(huó)：相会。⑪ 桀：木桩。⑫ 括：来到。下括，指牛羊下山来聚拢。⑬ 苟：或许。带有疑问口气的祈愿之词。苟无饥渴，但愿君子在外不受饥渴之苦。

（吴　格）

将仲子[①]

【题解】

这是一首少女赠给爱慕者的情歌。少女与一位叫“仲子”的青年相爱，却因“畏父母”、“畏诸兄”、“畏人之多言”，不敢与心上人相会，并婉言规劝仲子不要越墙前来。全诗以激动的呼告、再三地叮咛拒绝仲子，而少女的内心，却割不断“仲可怀也”的恋情。重重的压力，矛盾的心理，借少女的口吻，表现得十分生动。

将仲子兮[②]，无逾我里[③]，无折我树杞[④]。岂敢爱之[⑤]？畏我父母。仲可怀也，父母之言，亦可畏也。

将仲子兮，无逾我墙，无折我树桑[⑥]。岂敢爱之？畏我诸兄。仲可怀也，诸兄之言，亦可畏也。

将仲子兮，无逾我园，无折我树檀[⑦]。岂敢爱之？畏人之多言。仲可怀也，人之多言，亦可畏也。

---

① 本诗选自中华书局1987年版王先谦《诗三家义集疏》卷五。② 将(qiāng)：愿，请。仲子：男子的表字，犹言“老二”。③ 逾：越过。里：居处，古时五家为邻，五邻为里。④ 折：攀折。树杞：杞树，多植为笆。越墙会折断树枝，被人发现。所以劝仲子不要“折杞”。⑤ 爱：吝惜。之：指杞树。⑥ 树桑：桑树。⑦ 树檀：檀树。与杞、桑都是园墙周围所植。

（吴　格）

伐　　檀[1]

【题解】

本诗是劳动者讽刺统治者不劳而获、敛聚财富的歌唱。一群劳动者在河边伐木造车，合着伐木的节奏，发出沉重的讴歌，对劳动者的劳而不获、统治者的不劳而获，表达了强烈的不满和讥讽。"彼君子兮，不素餐兮"的针砭，历代为人传诵。

坎坎伐檀兮[2]，寘之河之干兮[3]，河水清且涟猗[4]。不稼不穑[5]，胡取禾三百廛兮[6]？不狩不猎[7]，胡瞻尔庭有县貆兮[8]？彼君子兮[9]，不素餐兮[10]！

坎坎伐辐兮[11]，寘之河之侧兮，河水清且直猗[12]。不稼不穑，胡取禾三百亿兮[13]？不守不猎，胡瞻尔庭有县特兮[14]？彼君子兮，不素食兮！

坎坎伐轮兮[15]，寘之河之漘兮[16]，河水清且沦猗[17]。不稼不穑，胡

---

① 本诗选自中华书局1987年版王先谦《诗三家义集疏》卷七。② 坎坎：伐木声。檀：青檀树，木质坚实，故用于造车。③ 寘：同"置"。干：岸。④ 涟：风吹水面形成的波纹。猗(yī)：语助词。⑤ 稼：种植。穑(sè)：收割。⑥ 胡：为何。禾：禾捆。三百廛(chán)：三百束。以上两句言，贵族从不参加田间劳动，为何却收取了三百束的谷子。⑦ 狩：冬天打猎。⑧ 瞻(zhān)：望见。庭：庭院。县：悬挂。貆(xuān)：猪獾。⑨ 君子：指取禾三百廛、庭有悬貆的贵族。⑩ 素餐：光吃喝而不劳动。不素餐，反语讥刺。⑪ 辐：车辐，车轮中的木条。⑫ 直：直的波纹。⑬ 亿：周代以十万为亿，此指禾束之多。⑭ 特：三岁的幼兽。⑮ 轮：车轮。伐檀、伐辐、伐轮，表示着劳动的过程。⑯ 漘(chún)：崖、岸。⑰ 沦：水面的小波纹。

取禾三百囷兮⑱？不狩不猎，胡瞻尔庭有县鹑兮⑲？彼君子兮，不素飧兮⑳！

⑱ 囷(qūn)：圆形谷仓，也称囤。⑲ 鹑(chún)：鹌鹑。鹑、特、貆，都是狩猎所得。⑳ 飧(sūn)：熟食。飧、食、餐，都指贵族的饮食。

（吴　格）

硕　　鼠①

【题解】

这是一首反抗统治者残酷剥削，向往美好生活的诗篇。春秋时各诸侯国先后实行"履税亩"，即农民除了在公田上服劳役以外，还要缴纳私田所收获的十分之一作为实物税。农民不堪承受双重剥削，将统治阶级视为贪得无厌的大老鼠，决心以逃亡进行反抗，去寻找没有剥削和压迫的"乐土"、"乐园"、"乐郊"。但是乐土究竟在何方？诗人发出"乐郊乐郊，谁之永号"的呼唤，对前途又充满了渺茫与无奈。

硕鼠硕鼠②，无食我黍！三岁贯女③，莫我肯顾④。逝将去女⑤，

① 本诗选自中华书局1987年版王先谦《诗三家义集疏》卷七。② 硕鼠：专吃谷物的大田鼠。③ 三岁：多年以来。贯：伺候，供养。女：汝，你。④ 顾：顾念。莫我肯顾，言不肯顾念我。⑤ 逝：通"誓"。去女：离开你。

适彼乐土[6]。乐土乐土，爰得我所[7]。

硕鼠硕鼠，无食我麦。三岁贯女，莫我肯德[8]。逝将去女，适彼乐国。乐国乐国，爰得我直[9]。

硕鼠硕鼠，无食我苗。三岁贯女，莫我肯劳[10]。逝将去女，适彼乐郊[11]。乐郊乐郊，谁之永号[12]。

⑥ 适：前往。⑦ 爰：乃。所：处所。⑧ 德：报德。⑨ 直：值。此句意为只有到了乐国，才能获得我们劳动的成果。⑩ 劳：慰劳。⑪ 乐郊：乐国的四郊。⑫ 之：其，语助词。永：长。号：呼号。谁之永号，言真能到了乐土，谁还会发出这痛苦的长声呼号呢！

（吴　格）

蒹　葭[1]

【题解】

这是一首出色的怀人之作，意象空灵，情景交融，具有极高的艺术性。诗人苦苦地追慕“伊人”，踏着深秋的朝露，在河畔的芦苇荡中寻觅。“伊人”是一位始终未露面的高人，似乎居住在四面环水的河心小岛上，诗人上下左右去接近他，却始终可望而不可即。“伊人”是恋人？是隐士？是贤者？至今无法明确，也不必去明确。但诗人深沉的企慕，难以亲近的惆怅，以及河畔凄迷的景色，给人留下难以磨灭的印象。

① 本诗选自中华书局1987年版王先谦《诗三家义集疏》卷九。

蒹葭苍苍②，白露为霜。所谓伊人③，在水一方。溯洄从之④，道阻且长。溯游从之⑤，宛在水中央⑥。

蒹葭凄凄⑦，白露未晞⑧。所谓伊人，在水之湄⑨。溯洄从之，道阻且跻⑩。溯游从之，宛在水中坻⑪。

蒹葭采采⑫，白露未已⑬。所谓伊人，在水之涘⑭。溯洄从之，道阻且右⑮。溯游从之，宛在水中沚⑯。

---

② 蒹(jiān)：狄。葭(jiā)：芦苇，均生河畔。苍苍：茂盛状。③ 伊人：此人，即意中人。④ 溯洄：逆河而上。从之：接近他。⑤ 溯游：顺河而下。⑥ 宛：宛如。⑦ 凄凄：同“萋萋”，茂盛状。⑧ 晞：晒干。因为在早晨，所以露水尚未退去。⑨ 湄：水畔高岸。⑩ 跻(jī)：上升。此句言河畔道路险峻，地势升高。⑪ 坻(chí)：水中高地，如沙洲、小岛。⑫ 采采：茂盛貌。⑬ 未已：未全退去。以上两句言，露水虽未退尽，芦荻随着阳光的照耀，色泽已起了变化。⑭ 涘(sì)：水边。⑮ 右：迂迴。⑯ 沚(zhǐ)：水中小洲，与“坻”同。

（吴　格）

黄　鸟①

【题解】

本诗是秦国人民哀悼三位为秦穆公殉葬的勇士的挽歌。殉葬这种野蛮的习俗，春秋时代仍流行于西北地区。据史籍记载，秦穆公死时，殉葬者多至一百七十七人，其中

---

① 本诗选自中华书局1987年版王先谦《诗三家义集疏》卷九。

有著名的勇士子舆氏(诗中称“子车”)三兄弟。三位勇士平日素受人爱戴，现在凄厉的黄鸟哀鸣声中，眼看着他们被推入墓穴活埋，围观的人们不禁发出齐声的痛惜，恨不能以自己的性命去代替“三良”从死。人们崇敬“三良”的勇武，惋惜“三良”也在“从死”之列，以至愿意代替“三良”去火葬，这固然反映了人们心理上对殉葬的反感，但尚未达到批判、反对殉葬制度的认识。这样的推测，是符合《黄鸟》时代的秦人风俗的。

交交黄鸟②，止于棘③。谁从穆公④？子车奄息⑤。维此奄息，百夫之特⑥。临其穴⑦，惴惴其慄⑧。彼苍者天，歼我良人⑨。如可赎兮⑩，人百其身⑪！

交交黄鸟，止于桑。谁从穆公？子车仲行。维此仲行，百夫之防⑫。临其穴，惴惴其慄。彼苍者天，歼我良人。如可赎兮，人百其身。

交交黄鸟，止于楚⑬。谁从穆公？子车鍼虎。维此鍼虎，百夫之御⑭。临其穴。惴惴其慄。彼苍者天，歼我良人。如可赎兮，人百其身。

---

② 交交：通“咬咬”，鸟鸣声。黄鸟：黄雀。③ 止：栖息，停落。棘：酸枣树。④ 从：追随，此指殉葬。穆公：秦国君主，为春秋“五霸”之一，姓嬴，名任好。⑤ 子车：秦人姓氏，“车”一作“舆”。奄息：人名，与下“仲行”、“鍼虎”为子车氏三勇士。⑥ 百夫：上百名士兵。特：匹敌。“百夫之特”与下“百夫之防”、“百夫之御”，均指子车氏兄弟力能胜过百人。⑦ 临：靠近。穴：墓坑。⑧ 惴(zhuì)惴：恐惧状。慄：慄慄，战慄，因恐怖而发抖。⑨ 歼：灭。良人：好人。⑩ 赎(shú)：换回，此指免除“三良”的从葬。⑪ 人百其身：用百人的生命来换取。一说，人愿为“三良”死上百次。⑫ 防：当，抵挡。⑬ 楚：荆树。⑭ 御：抵御。

（吴　格）

无　衣[1]

【题解】

这是一首同仇敌忾的军歌，表现了士兵们团结互助、生死与共的情谊。此诗流行于秦国，反映了西北地区好勇尚武、舍生忘死的民风。三章复叠，辞简意赅，气势却很雄壮。

岂曰无衣[2]？与子同袍[3]。王于兴师[4]，修我戈矛，与子同仇[5]。
岂曰无衣？与子同泽[6]。王于兴师，修我矛戟，与子偕作[7]。
岂曰无衣？与子同裳[8]。王于兴师，修我甲兵[9]，与子偕行[10]。

---

① 本诗选自中华书局1987年版王先谦《诗三家义集疏》卷九。② 岂曰：谁说。衣：指战袍。③ 子：你，士兵互相称呼之词。袍：斗篷式的战袍，白天可当衣穿，夜晚可当被盖。④ 于：曰。兴师：出征。⑤ 同仇：共同对敌。⑥ 泽：通“襗”，贴身的内衣。⑦ 偕：一起。作：出动。⑧ 裳：战裙。⑨ 甲兵：甲胄及兵器。⑩ 行：行动，出发。

（吴　格）

月　出[1]

【题解】

本诗是《诗经》中最为空灵朦胧的一首情歌。诗人表现一位出现在月色中的美人形象，风姿绰约，神态娴雅，纯用写意手法，而略去细节的刻画。诗中熟练地变换形容词，烘托出一种迷幻的意境，使月下美人既如作者所见，又似心中虚构，若隐若现，如真如梦，加以节奏顿挫，句法错综，通篇用韵，辞采和音节都呈现一种凝炼的美，所以历来被人推为《诗经》中情诗的佳作。

月出皎兮[2]，佼人僚兮[3]。舒窈纠兮[4]，劳心悄兮[5]。月出皓兮[6]，佼人懰兮[7]。舒懮受兮[8]，劳心慅兮[9]。月出照兮[10]，佼人燎兮[11]。舒夭绍兮[12]，劳心惨兮[13]。

---

① 本诗选自中华书局1987年版王先谦《诗三家义集疏》卷十。② 皎(jiǎo)：洁白光明貌。③ 佼(jiǎo)人：美人，丽人。僚：通“嫽”，美好貌。④ 舒：舒缓，婀娜。窈纠(jiǎo)：女子体态苗条貌。⑤ 劳心：忧心，指作者对美人的期待和思念。悄：忧思深切貌。⑥ 皓(hào)：月光明亮貌。⑦ 懰(liú)：妩媚。⑧ 懮(yōu)受：女子行路舒徐貌。⑨ 慅(cǎo)：忧愁深切貌。⑩ 照：光亮貌。⑪ 燎：漂亮。⑫ 夭绍：女子体态轻盈貌。⑬ 惨：同“躁”，烦躁不安貌。

（吴　格）

七　月①

【题解】

这是一首著名的农事诗，描写了周代“农夫”一年四季的劳动和生活，对于研究周代社会的性质、农业发展和状况、豳地的气候及民俗等，都具有宝贵的史料价值。《诗经·国风》中所收风诗，一般都短小精悍，《七月》则共分八章，每章十一句，属于长篇的形式，估计不是一时、一人的创作，而是集豳地农谣、民歌整理而成，具有地方史诗的性质。旧说此诗系周公所作，并赞为“天下至文”、“无上神品”，则注重的是它的政教意义。全诗纯用赋体，叙述平实，语言质朴。

七月流火②，九月授衣③。一之日觱发④，二之日栗烈⑤。无衣无褐⑥，何以卒岁⑦？三之日于耜⑧，四之日举趾⑨。同我妇子，馌彼南亩⑩，田畯至喜⑪。

七月流火，九月授衣。春日载阳⑫，有鸣仓庚⑬。女执懿筐⑭，遵

---

① 本诗选自中华书局1987年版王先谦《诗三家义集疏》卷十三。② 流：下行。火：大火星。此句言夏历七月时，炎暑稍退，火星渐向西下。③ 九月：夏历九月。授衣：分御寒衣服。④ 一之日：周历正月，即夏历十一月。周人兼用周历与夏历，此诗中的七月、八月等即用夏历，一之日、二之日等则为周历。觱(bì)发：寒风发作。⑤ 二之日：周历二月，即夏历十二月。栗烈：凛冽，寒气侵入。⑥ 褐(hè)：粗麻织成的冬衣。⑦ 卒岁：度过一年。以上两句言：没有衣服，怎样过冬。⑧ 三之日：夏历正月。于耜(sì)：言修理耒耜，准备春耕。⑨ 四之日：夏历二月。举趾：言抬脚下田，开始春耕。⑩ 馌(yè)：馈食，送饭。南亩：农田。⑪ 田畯(jùn)：农官。至喜：甚喜。⑫ 春日：春天的太阳。载：则。遵，沿。阳：温暖。⑬ 有：语助词。有鸣，犹鸣鸣。仓庚：黄鹂。⑭ 懿筐：深筐。

彼微行[15]，爰求柔桑[16]。春日迟迟[17]，采蘩祁祁[18]。女心伤悲，殆及公子同归[19]。

七月流火，八月萑苇[20]。蚕月条桑[21]，取彼斧斨[22]。以伐远扬[23]，猗彼女桑[24]。七月鸣鵙[25]，八月载绩[26]。载玄载黄[27]。我朱孔阳[28]，为公子裳[29]。

四月秀葽[30]，五月鸣蜩[31]。八月其获[32]，十月陨萚[33]。一之日于貉[34]，取彼狐狸，为公子裘[35]。二之日其同[36]，载缵武功[37]。言私其豵[38]，献豜于公[39]。

五月斯螽动股[40]，六月莎鸡振羽[41]。七月在野[42]，八月在宇[43]，九

---

⑮ 微行(háng)：小路。⑯ 爰：于是。柔桑：柔嫩的桑叶。以上四句言，农妇们携着深筐，在春天的阳光中，循着小路到田间采桑。⑰ 迟迟：舒缓。言春天日长。⑱ 蘩(fán)：白蒿。祁祁：众多。言采白蒿的妇女也不少。⑲ 殆：害怕。及：与。公子：贵族。同归：指被贵族公子看上，带回家中。⑳ 萑(huán)苇：荻芦。此句言八月份收割芦荻，备作明年春天养蚕用(如编蚕箔)。㉑ 蚕月：三月，饲蚕的月份。条桑：修剪桑枝。条，动词。㉒ 斧斨(qiāng)：古人称柄孔圆形者为斧，方形者称斨。㉓ 伐：砍伐。远扬：桑树上长而高的枝条。㉔ 猗：攀引。女桑：嫩弱的桑枝。以上两句言，砍去多余的桑枝，留下嫩枝。㉕ 鵙(jú)：鸟名，又名伯劳。㉖ 载：始。绩：纺织。㉗ 载：又。玄：黑红色。载玄载黄：言将丝麻染成黑红色和黄色。㉘ 朱：朱红色，指红色的丝织品。孔：甚。阳：明亮。㉙ 裳：祭服。以上两句言，我要用朱红鲜亮的丝织品，为公子制作祭服。㉚ 秀：开花结子。葽(yāo)：草本植物，今名“远志”，可入药。㉛ 蜩(tiáo)：蝉。鸣蜩，蝉叫。㉜ 其：语助词。获：收获。㉝ 陨：落。萚(tuò)：枯叶。㉞ 于貉(hè)：去猎貉取毛皮制衣。貉，狐类动物。㉟ 裘：皮衣。㊱ 同：会合，指打猎者会合。㊲ 缵：继续。武功：指猎取貉、狐狸等动物。㊳ 言：语助词。私：属私有。豵(zōng)：小兽。㊴ 豜(jiān)：大兽。公：公家。以上两句言，猎人将小猎物留下，大猎物献给贵族。㊵ 斯螽(zhōng)：蝗类昆虫。动股：两股相摩擦发出响声。㊶ 莎(suō)鸡：纺织娘。振羽：振动翅膀发出响声。㊷ 在野：在田野里。指下文之蟋蟀。㊸ 在宇：在屋檐下。

月在户[44]，十月蟋蟀入我床下。穹室熏鼠[45]，塞向墐户[46]。嗟我妇子，曰为改岁[47]，入此室处[48]。

六月食郁及薁[49]，七月亨葵及菽[50]。八月剥枣[51]，十月获稻[52]。为此春酒[53]，以介眉寿[54]。七月食瓜，八月断壶[55]，九月叔苴[56]。采荼薪樗[57]，食我农夫[58]。

九月筑场圃[59]，十月纳禾稼[60]。黍稷重穋[61]，禾麻菽麦。嗟我农夫，我稼既同[62]，上入执宫功[63]。昼尔于茅[64]，宵尔索绹[65]。亟其乘屋[66]，其始播百谷[67]。

二之日凿冰冲冲[68]，三之日纳于凌阴[69]。四之日其蚤[70]，献羔祭韭[71]。

---

[44] 户：门。[45] 穹(qióng)：打扫，窒(zhìg)：堵塞。熏鼠：用烟熏鼠。[46] 向：北窗。墐(jìn)：涂。塞向墐户，用草将北窗堵死，用湿泥将门缝涂实。[47] 曰：聿，语助词。改岁：过年。[48] 处：居住。[49] 郁：郁李，野生灌木，果实可食。薁(yù)：野葡萄，也可食。[50] 亨：同"烹"。葵：落葵，叶可食。菽：大豆，此指豆叶。[51] 剥：通"扑"。剥枣，打枣。[52] 获稻：收割稻谷。[53] 春酒：春天酿成的酒。[54] 介：帮助。眉寿：长寿，老人眉生长毛，故称眉寿。以上两句言，用新酿成的春酒，助老人长寿。[55] 断：摘下。壶：葫芦。[56] 叔：拾。苴(jū)：麻籽。[57] 荼(tú)：苦菜；樗(chū)：臭椿树。薪樗，言砍伐臭椿为柴薪。[58] 食(sì)：动词，给人食物。[59] 场：打谷场。圃：菜园。古代秋冬时将春夏的菜地夯实成平地，以供晒谷等用，故称"筑"。[60] 纳：粮食进仓。禾稼，庄稼。[61] 黍稷：小米与高粱。重(tóng)穋(lù)：晚熟作物称穜，早熟作物称穋。[62] 同：集中，指各种庄稼都收到场上。[63] 上：通"尚"，尚须。入：至室内。执：从事。宫功：室内劳动，宫与室通。[64] 昼：白天。于茅：采集茅草。[65] 宵：夜晚。索绹(táo)：搓绳。[66] 亟：急。乘屋：爬至屋顶。以上三句言，趁寒冬降临之前，赶快准备茅草绳索，上房修缮。[67] 其始：将要开始。播百谷：春播。[68] 凿冰：在寒冬凿取冰块。冲冲：凿冰声。[69] 纳：收藏。凌阴：冰室。以上两名言为夏季准备消暑用的冰块。[70] 四之日：夏历二月。蚤：同"早"，早期，古代祭仪之一。[71] 羔：羔羊。韭：韭菜。藏冰、取冰时都要用羔、韭祭神。

九月肃霜[72]，十月涤场[73]。朋酒斯飨[74]，曰杀羔羊。跻彼公堂[75]，称彼兕觥[76]，万寿无疆[77]。

---

⑫ 肃霜：肃爽，深秋天气高爽。⑬ 涤(dí)场：打扫场院。⑭ 朋酒：两壶酒。斯：语助词。飨：农夫们会同饮酒。⑮ 跻：登。公堂：学校，古代学校既用于教学，又用于公众集会、举行仪式。⑯ 称：举。兕(sì)觥(gōng)：犀牛角或铜制的兕状饮酒器。⑰ 万寿：长寿。无疆：无止境。此为农夫们饮酒时祝颂之词。

（吴　格）

鸱　　鸮[1]

【题解】

本诗是一首早期的禽言诗。全篇以一只母鸟的口吻，诉说自己育子营巢的艰辛。凶恶的猫头鹰抓走了她心爱的幼雏，为了保护余下的雏鸟，她辛苦地营筑鸟巢，搜集食物，盼望能抵御风雨和猛禽的侵袭。面对风雨飘摇、惊险四伏的危境，母鸟孤苦无援，唯有发出悲哀的鸣叫。诗人借禽鸟之声，述说谋求安定境遇的艰难，叹息苦心经营的委屈，显然有着深切的寄托，诗中所表现的忧患意识和顽强斗争精神，至今仍具深厚的感染力。后世的禽言诗形式，都受到本篇的影响。

---

① 本诗选自中华书局1987年版王先谦《诗三家义集疏》卷十三。

鸱鸮鸱鸮[2]，既取我子[3]，无毁我室[4]。恩斯勤斯[5]，鬻子之闵斯[6]。

迨天之未阴雨[7]，彻彼桑土[8]，绸缪牖户[9]。今女下民[10]，或敢侮予[11]。

予手拮据[12]，予所捋荼[13]，予所蓄租[14]。予口卒瘏[15]，曰予未有室家[16]。

予羽谯谯[17]，予尾翛翛[18]，予室翘翘[19]。风雨所漂摇，予维音哓哓[20]。

---

② 鸱(chī)鸮(xiāo)：猫头鹰，古人视其为恶鸟，诗人以其喻凶恶者。③ 取：夺取。④ 室：家室，指鸟巢。⑤ 恩：一作“殷”，辛勤。斯：此，指鸟巢。⑥ 鬻(yù)：通“育”，养育。闵：通“悯”，怜恤。以上两句言，我辛勤地营筑这鸟巢，养育幼雏，多么怜惜它们。⑦ 迨：趁着。⑧ 彻：通“撤”，剥取。土：同“杜”。桑杜，桑皮。⑨ 绸缪(móu)：缠绕。牖(yǒu)户：窗户，此指鸟巢的入口。以上三句言，趁着阴雨天还未来到，采集来桑树皮，加固我的鸟巢。⑩ 女：汝。下民：鸟居树上，所以称众人为下民。⑪ 或敢：怎么敢。侮予：斯侮我。⑫ 拮据：因过度疲劳而手指僵硬。⑬ 捋荼：采取芦花。⑭ 蓄：积聚。租：苴，茅草。以上三句言，为了采集芦花茅草来垫鸟巢，我的手指都累坏了。⑮ 卒：同“瘁”。卒瘏(tú)：劳累成病。⑯ 曰：同“聿”，语助词。未有室家：鸟巢还未修成。⑰ 谯(qiáo)谯：羽毛枯干。⑱ 翛(xiāo)翛：羽毛凋零。⑲ 翘翘：鸟巢高悬危险貌。⑳ 维：语助词。哓(xiāo)哓：惊叫声。此句言面对种种危难，我只得凄楚地鸣叫。

（吴　格）

东　　山①

【题解】

此篇为戍卒还乡途中思家之作。前人以为是周公率兵东征，平定“管蔡之乱”，并征服奄国等五十余国，三年后班师回朝时所作。持续三年的战争，给社会带来很大破坏，也造成大量士卒的伤亡。本诗作者作为一名经历战争并生还的军士，回家途中，目睹各地农村的荒凉破败，回首三年征戍的艰辛，想象回家后夫妇团圆的幸福，并追忆新婚时与妻子相处的甜蜜，思绪绵绵，感情深挚。其构思意境，对后代描写征戍题材的诗歌产生深远的影响。

我徂东山②，慆慆不归③。我来自东，零雨其濛④。我东曰归⑤，我心西悲⑥。制彼裳衣⑦，勿士行枚⑧。蜎蜎者蠋⑨，烝在桑野⑩。敦彼独宿⑪，亦在车下⑫。

---

① 本诗选自中华书局1987年版王先谦《诗三家义集疏》卷十三。② 徂(cú)：往。东山：诗人征戍之地，在古奄国境内。今山东费县蒙山。③ 慆慆：亦作“滔滔”，悠悠，言岁月长久。④ 零雨：落雨。其濛：濛濛。以上两句言，军士当初在细雨濛濛的日子踏上征途。⑤ 我东曰归：我在东方听说可以返乡。曰，语助词。⑥ 我心西悲：我的心就想念着西方，充满悲伤。军士是豳地之人，故称家乡为西。⑦ 制：制作。裳衣：日常家居所穿平民服装。⑧ 士：从事。行枚：行军时为防喧哗，于口中各衔一竹棍。以上两句为军士听到西归消息后所想到的事。⑨ 蜎(yuān)蜎：软虫爬行蠕动之状。蠋(zhú)：野蚕。⑩ 烝：久。桑野：野外桑树。⑪ 敦(duī)：身体蜷成一团。⑫ 车下：兵车底下。以上四句写眼前景象，军士蜷缩身子露宿兵车下，就像野蚕在桑枝上栖歇。以上四句写军旅生活之苦。

我徂东山，慆慆不归。我来自东，零雨其濛。果赢之实⑬，亦施于宇⑭。伊威在室⑮，蠨蛸在户⑯。町畽鹿场⑰，熠耀宵行⑱。不可畏也，伊可怀也⑲。

我徂东山，慆慆不归。我来自东，零雨其濛。鹳鸣于垤⑳，妇叹于室，洒埽穹窒㉑，我征聿至㉒。有敦瓜苦㉓，烝在栗薪㉔。自我不见，于今三年㉕。

我徂东山，慆慆不归。我来自东，零雨其濛。仓庚于飞，熠耀其羽㉖。之子于归，皇驳其马㉗。亲结其缡㉘，九十其仪㉙。其新孔嘉㉚，其旧如之何㉛？

---

⑬ 果赢(luǒ)：栝楼，又名瓜蒌，蔓生葫芦科植物。实：果实。⑭ 施：蔓延。⑮ 伊威：土鳖虫，栖于阴湿处。⑯ 蠨(xiāo)蛸(shāo)：长脚蜘蛛。⑰ 町(tīng)畽(tuǎn)：野兽践踏的空地。此句言原有耕地已成为野鹿践踏往来之地。⑱ 熠(yì)耀：磷火发光貌。宵行：萤火虫。以上六句为军士想象家园的荒凉破败。⑲ 伊：此，指家园。怀：怀想。⑳ 鹳(guàn)：水鸟，似鹤。垤(dié)：土堆。㉑ 埽：同“扫”。穹窒：堵塞壁间空隙，填平高低的地面。㉒ 征：征人。聿：语助词。以上两句言，妻子得知我远征归来，忙着打扫整理家园。㉓ 有敦：敦敦，瓜形团团状。瓜苦：苦瓜，可食。㉔ 栗薪：栗树柴。烝在栗薪，言采摘的苦瓜放在柴堆上已很久了。㉕ 于今：至今。以上两句言，军士与妻子已三年不见。㉖ 此句言仓庚(黄鹂)的羽毛在阳光下闪耀。㉗ 皇驳：马色淡黄称皇，淡红称驳。㉘ 亲：出嫁女子的母亲。接：系结。缡(lí)：佩巾的带子，古代女子出嫁时，由母亲为女儿系上佩巾，并加训诫。㉙ 九十：犹言一五一十。其仪：有关的礼节。以上六句回忆妻子新婚时情景。㉚ 新：妻子新嫁来时。孔：甚。嘉：美好。㉛ 旧：久。如之何：像什么样子。此两句为军士对即将见面的妻子的怀念。

（吴　格）

采　　薇①

【题解】

本篇为戍边士兵归途中对战争的回顾及哀怨之诗。西周时，北方少数民族猃狁部落经常南侵，给中原人民带来祸患，因而北方战事连绵，大批将士长期戍边。诗分六章，前三章写将士久戍不归的饥渴艰难及思家之苦，四、五章写战地转徙、疆场战斗之劳，末章写归途景色及心中感慨，表达了诗人的爱国热忱和对时事的忧念。末章“昔我往矣，杨柳依依。今我来思，雨雪霏霏”的讴歌，以景寓情，并“以乐景写哀，以哀景写乐”，用自然景物反衬内心的哀乐，历来被人们传诵不已。

采薇采薇②，薇亦作止③。曰归曰归④，岁亦莫止⑤。靡室靡家⑥，猃狁之故⑦。不遑启居⑧，猃狁之故。

采薇采薇，薇亦柔止⑨。曰归曰归，心亦忧止。忧心烈烈⑩，载饥载渴。我戍未定⑪，靡使归聘⑫。

---

① 本诗选自中华书局1987年版王先谦《诗三家义集疏》卷十四。② 薇：野生豌豆苗，可食用，冬季发芽。③ 作：生出。止：语助词。④ 曰：语助词。⑤ 莫：暮。此句言返乡时在年底。⑥ 靡：无。室家：妻室。⑦ 猃（xiǎn）狁（yǔn）：古代北方少数民族，殷商时称荤粥。周代称猃狁，秦汉时称匈奴，隋唐时称突厥。以上两句言，为了抵御猃狁入侵，将士们长期过着远离妻室的生活。⑧ 不遑：无暇。启：跪。居：坐。古人席地而处，故跪、坐都以膝着地，跪称危坐，腰部挺直。坐称安居、安坐，臀部可靠在脚跟上。⑨ 柔：柔嫩。薇菜由初生至嫩苗，表示到北方作战以来时节的推移。⑩ 烈烈：炽烈。⑪ 戍：防地。⑫ 使：信使。聘：问候。以上两句言，因为防地随时迁移，无法和家人通信联系。

采薇采薇，薇亦刚止⑬。曰归曰归，岁亦阳止⑭。王事靡盬⑮，不遑启处⑯。忧心孔疚⑰，我行不来⑱。

彼尔维何⑲？维常之华⑳。彼路斯何㉑？君子之车㉒。戎车既驾，四牡业业㉓。岂敢定居？一月三捷㉔。

驾彼四牡，四牡骙骙㉕。君子所依㉖，小人所腓㉗。四牡翼翼㉘，象弭鱼服㉙。岂不日戒？猃狁孔棘㉚。

昔我往矣㉛，杨柳依依㉜。今我来思㉝，雨雪霏霏㉞。行道迟迟，载渴载饥。我心伤悲，莫知我哀！

---

⑬ 刚：坚硬。指薇菜茎叶已变老。⑭ 阳：阳月，周历四月以后称阳月。以上两句言，薇菜入夏以后变老，不再能食用。⑮ 王事：指为国出征。靡盬(gǔ)：没有停息。⑯ 启处：同"启居"。⑰ 孔：甚。疚(jiù)：痛苦。⑱ 来：回返。⑲ 尔：通"苶"，花开盛貌。维何：是什么。⑳ 常：棠棣，又名棠梨。华：花。㉑ 路：通"辂"，大车。斯何：犹"维何"。㉒ 君子：统帅。㉓ 牡：公马。业业：健壮貌。㉔ 捷：通"寁"，迁居。以上两句言，战事频繁，一月之中三次迁移营地。㉕ 骙(kuí)骙：马强壮貌。㉖ 依：依靠，指统帅指挥时所依靠。㉗ 小人：士兵。腓(féi)：庇护，掩藏。以上两句言，作战时统帅驾着战车，士兵们簇拥在车旁。㉘ 翼翼：战马训练有素貌。㉙ 象弭(mǐ)：两端用象牙装饰的弭弓。弭，弓的末端。鱼服：鱼皮制成的箭袋。㉚ 棘：急。此二句言形势紧急，必须日夜警戒。㉛ 昔：当初。往：出征。㉜ 依依：柳条随风飘拂貌。杨柳依依是春光明媚之时，出往远戍，景中含悲。㉝ 来：归来。思：语末助词。㉞ 霏霏：雪盛貌。雨雪霏霏是寒冬阴冷景象，历经艰险返乡，景中含喜。以上两句言，士兵离乡日近，回顾自春至冬的战斗经历，忧念时事，怀想家园，不禁感慨万千，故心中仍充满哀伤。

（吴　格）

北　山①

【题解】

这是一位“士子”责备“大夫”分配徭役劳逸不均而作的怨诗。“士子”属周代统治集团中的下层人士，上受天子、诸侯、大夫的重重压制。作者为上命所遣，终年奔走服役，心力劳瘁，仍不能孝养父母，而对照那些“湛乐饮酒”、“出入风议”享乐者，不禁怨恨填胸，发而为诗，唱出心底不平之声。四、五、六三章，作者感情激越，连用六个对比句、十二个“或”字，将统治阶层中劳逸、苦乐不均的情形加以对照，满腹怨愤牢骚，溢于言表。

陟彼北山，言采其杞②。偕偕士子③，朝夕从事④。王事靡盬，忧我父母。

溥天之下⑤，莫非王土。率土之滨⑥，莫非王臣。大夫不均，我从事独贤⑦。

四牡彭彭⑧，王事傍傍⑨。嘉我未老⑩，鲜我方将⑪。旅力方刚⑫，经营四方⑬。

---

① 本诗选自中华书局1987年版王先谦《诗三家义集疏》卷十八。② 杞(qǐ)：枸杞。③ 偕偕：强壮貌。士子：作者自称。④ 从事：从事于公务。⑤ 溥(pǔ)：通“普”，普遍。⑥ 率：循，沿。滨：水边。率土之滨，犹言四海之内。⑦ 贤：贤劳，劳累。独贤：最辛劳。⑧ 彭彭：马不停奔走貌。⑨ 傍傍：忙于应付、奔波貌。⑩ 嘉：称赞。⑪ 鲜(xiǎo)：赞许。方：正。将：强健。以上两句言，众人见我年轻，又称赞我精力正强健。⑫ 旅力：膂力，体力。刚：刚强。⑬ 经营：奔走筹画。以上两句言，因我筋力强壮，不停地让我奔走四方，经营操劳。

或燕燕居息[14]，或尽瘁事国[15]。或息偃在床[16]，或不已于行[17]。
或不知叫号[18]，或惨惨劬劳[19]。或栖迟偃仰[20]，或王事鞅掌[21]。
或湛乐饮酒[22]，或惨惨畏咎[23]。或出入风议[24]，或靡事不为[25]。

---

⑭ 或：有的人。燕燕：安逸。居息：居家休息。⑮ 尽瘁(cuì)：竭尽心力。事国：报国。⑯ 息偃(yǎn)：偃卧。⑰ 不已：不停歇。行：外出办理公务。⑱ 叫号：呼叫哭泣。⑲ 惨惨：憔悴貌。劬(qú)劳：劳累。⑳ 栖迟：游息。偃仰：仰卧，言悠闲自在。㉑ 鞅掌：烦劳，忙碌。㉒ 湛(dān)乐：沉溺于享乐。㉓ 咎(jiù)：罪责。此句言成天辛劳，仍担心受批评怪罪。㉔ 风议：高谈阔论。㉕ 为：做。

（吴　格）

何草不黄[1]

【题解】

本诗是一首征夫苦于征役的怨诗。诗人远离家乡，出没旷野，在日夜劳碌奔波中，目睹自然界草木的荣枯，走兽的出没，引发沉痛的感慨。诗中以连续的反问句大声诘责，继以“哀我征夫，独为匪民”的无奈哀叹，表现了一种绝望的情绪，这就是所谓的“亡国之音”。

---

① 本诗选自中华书局1987年版王先谦《诗三家义集疏》卷二十。

何草不黄？何日不行？何人不将[2]？经营四方[3]。何草不玄[4]？何人不矜[5]？哀我征夫，独为匪民[6]。匪兕匪虎[7]，率彼旷野[8]。哀我征夫，朝夕不暇。有芃者狐[9]，率彼幽草[10]。有栈之车[11]，行彼周道[12]。

---

② 将：行，奔走。③ 经营四方：在边境上抵御外敌入侵。④ 玄：赤黑色，指草木由枯黄转为腐烂色。⑤ 矜(guān)：通“鳏”，无妻者，言出征人久离家室，无一不是鳏夫。⑥ 匪：同“非”。匪民：不被当人看待。⑦ 兕(sì)：野牛。⑧ 率：循，沿着。以上两句言，征夫们终日在旷野中奔走，就像野兽一样。⑨ 有芃：草木丛生状，此引伸为狐狸尾巴蓬松状。⑩ 幽草：茂密的草丛。⑪ 栈(zhàn)：栈栈，指车上木板钉成的栅栏。⑫ 周道：大道。以上四句写征夫举目所见。

（吴　格）

生　民[1]

【题解】

本诗叙述周民族的始祖后稷的事迹，具有民族史的性质，与《大雅》中《公刘》、《绵》、《皇矣》、《大明》等篇，反映了周民族的起源、发展及建国的历史。诗分八章，首叙后稷的母亲姜嫄受孕、后稷降生及被丢弃而不死的传说，次述后稷从事农艺的天才

---

① 本诗选自中华书局1987年版王先谦《诗三家义集疏》卷二十二。

和发明农耕播种，最后描写了后稷率众祭祀上帝的典礼。将神话传说与历史事实相结合，塑造了后稷的丰满形象，并提供了研究古代母系社会特征及农业生产起源的可靠记载。

厥初生民②，时维姜嫄③。生民如何？克禋克祀④，以弗无子⑤。履帝武敏⑥，歆攸介攸止⑦。载震载夙⑧，载生载育⑨。时维后稷⑩。

诞弥厥月⑪，先生如达⑫。不坼不副⑬，无菑无害⑭，以赫厥灵⑮，上帝不宁⑯，不康禋祀⑰，居然生子⑱！

诞寘之隘巷⑲，牛羊腓字之⑳。诞寘之平林㉑，会伐平林㉒。诞寘之寒冰，鸟覆翼之㉓。鸟乃去矣，后稷呱矣㉔。实覃实讦㉕，厥声

---

②厥初：其初。生民：生育出周族人民。③ 时：是。维：为。姜嫄：传说中后稷的母亲，姓姜名嫄。④ 克：能。禋(yīn)祀：祭天神的一种仪式。⑤ 弗：通"祓"，祓除。此句言通过诚敬的祭祀，以求得子嗣。⑥ 履：践，踏。帝：上帝。武：足迹。敏：通"拇"，拇指。⑦ 歆(xīn)：身心有所感应。攸：语助词。介，同"祄"，神灵保佑。止，同"祉"，神祇降福。⑧ 载：则。震：娠，怀孕。夙：通"肃"，生活严肃，不再和男子交往。⑨ 生育：分娩。⑩ 后稷：传说中周人始祖，姓姬，名弃，曾为帝舜农官。以上述姜嫄禋祀求子，因踩踏上帝脚印而受孕，最后生下后稷的故事。⑪ 诞：发语词。弥：满。弥厥月，言姜嫄满了妊娠的岁月。⑫ 先生：头胎出生。达：羊羔。此句言后稷虽然是姜嫄的头生子，却像母羊产羔一样顺利地降生。⑬ 不坼(chè)：不裂开。不副(pì)：不破裂。此指胞衣没有破裂。⑭ 菑：通"灾"。此句言母子平安。⑮ 赫：显。灵：灵异。此句言后稷的平安降生，显示其禀赋的灵异。⑯ 不宁：不安宁。⑰ 不康：不安泰。⑱ 以上三句言姜嫄履巨人足迹而怀孕，恐上帝受惊动，心中不安，因此禋祀以求免，想不到仍然顺利地生子。⑲ 寘：放置。⑳ 腓：庇护。字：抚养。㉑ 平林：树林。㉒ 会：恰遇。伐：砍伐。因砍伐平林，所以被发现。㉓ 覆翼：用翅膀覆盖。㉔ 呱(gū)：小儿啼哭。㉕ 实：是。覃(tán)：长。讦(xū)：大。长、大都指后稷的哭声响亮。

载路㉖。

诞实匍匐㉗，克岐克嶷㉘，以就口实㉙。蓺之荏菽㉚，荏菽旆旆㉛，禾役穟穟㉜。麻麦幪幪㉝，瓜瓞唪唪㉞。

诞后稷之穑㉟，有相之道㊱。茀厥丰草㊲，种之黄茂㊳。实方实苞㊴，实种实褎㊵，实发实秀㊶，实坚实好㊷，实颖实栗㊸，即有邰家室㊹。

诞降嘉种㊺，维秬维秠㊻，维穈维芑㊼。恒之秬秠㊽，是获是亩㊾。恒之穈芑，是任是负㊿。以归肇祀51。

诞我祀如何？或舂或揄52，或簸或蹂53。释之叟叟54，烝之浮浮55，

㉖ 载：满。此句言路上充满后稷的哭声。以上言姜嫄因后稷出生情况不同寻常，先后将他弃置于隘巷、平林、寒冰上，后稷都遇难不死。㉗ 匍匐：小儿在爬行。㉘ 岐（yí）：聪明懂事。㉙ 就：求。口实：食物。此句言后稷自幼能自寻食物。㉚ 蓺：种植。荏（rèn）菽：大豆。㉛ 旆（pèi）旆：茂盛貌。㉜ 禾役：禾穗。穟（suì）：禾穗丰满貌。㉝ 幪（méng）幪：茂盛貌。㉞ 瓞（dié）：小瓜。唪（běng）唪：果实累累貌。以上言后稷少年时爱好种植庄稼，所种都有丰硕的收获。㉟ 穑：播种五谷。㊱ 相（xiàng）：观察，考虑。此句言后稷播种五谷前，对田地先进行观察，根据地利选择作物品种。㊲ 茀（fú）：拨除。丰草：丰茂的野草。㊳ 黄茂：嘉谷，指种籽黄熟，禾苗健茂。㊴ 方：始，此指谷种开始发芽。苞：指芽长得茂盛。㊵ 种：短苗。褎（xiù）：长苗。㊶ 发：禾茎拔节。秀：抽穗结实。㊷ 坚、好：指谷穗灌浆饱满。㊸ 颖：禾穗下垂貌。栗：谷粒成熟貌。㊹ 即：前往。邰（tá）：古地名，在今陕西武功县，传说尧封后稷于邰。家室：成家立业。有，语助词。㊺ 降：赐给。嘉种：良种。㊻ 秬（jù）：黑黍。秠（pǐ）：黍的一种，每壳内含两粒黍米。㊼ 穈（méi）：谷子的一种，苗红。芑（qǐ）：黍的一种，苗白。㊽ 恒：通“亘”，遍及，此句言后稷教民遍植秬、秠。㊾ 是：于是。获：收割。亩：堆积田间。㊿ 任：抱起。负：背起。以上两句言收获五谷。51 以归：返家。肇：始。祀：郊祀，即祭天。52 舂：捣谷脱糠。揄（yóu）：将米从臼中舀出。53 簸（bǒ）：扬去糠皮。蹂：用手搓揉。54 释：淘米。叟叟：淘米声。55 烝：蒸。浮浮：蒸气升腾貌。以上四句言，用新收谷米制成祭品。

载谋载惟[56]。取萧祭脂[57]。取羝以軷[58]，载燔载烈[59]。以兴嗣岁[60]。

卬盛于豆[61]，于豆于登[62]。其香始升，上帝居歆[63]，胡臭亶时[64]。后稷肇祀，庶无罪悔[65]，以迄于今[66]。

㊽ 谋：计划。惟：考虑。此言互相商量使祭祀更为完美。㊾ 萧：香蒿，又名艾草。祭脂：牛肠间脂油，古代祭祀时用艾草、牛肠脂和黍稷同烧，使香气远扬。㊿ 羝（dǐ）：公羊。軷（bo）：剥去羊皮。[59] 燔（fǎn）：烧肉。烈：烤肉。[60] 兴：兴旺。嗣岁：下一年。[61] 卬（áng）：我。豆：盛肉用的高脚木碗。[62] 登：盛羹用的陶碗。[63] 居：语助词。歆：享受。[64] 胡：大。臭：浓烈的香气。亶：确实。时：美好。以上三句言，上帝对祭品很满意。[65] 庶：庶几。罪悔：罪过。[66] 迄：至。以上三句意为，自从后稷创始祭祀以来，子孙诚敬遵行，不敢有差错，直至今天。

（吴　格）

公　刘[1]

【题解】

此诗上承《生民》，同为周民族史诗之一。公刘是周民族始祖后稷的子孙，原先与同族人居于有邰，到夏末商初之时，由于受到周围部落的侵扰。率族迁徙，搬迁到豳地（今陕西郇邑县西）重新立国，开始定居的农耕生活，进一步发展农业生产，使周民族日益壮大起来，所以公刘被视为是周民族继后稷以后的又一位英雄。全诗共六章，首章写公刘带领周民迁徙的情景，二、三章写公刘在豳地选择定居点的过程，后三章记载了

---

① 本诗选自中华书局1987年版王先谦《诗三家义集疏》卷二十二。

周人定居后开垦荒地、祭祖祀神、建造宫室等活动，场面开阔，气魄宏伟，反映了我们祖先荜路蓝缕、以启山林的开拓精神和自信乐观的民族心理。

笃公刘②，匪居匪康③。乃埸乃疆④，乃积乃仓⑤。乃裹餱粮⑥，于橐于囊⑦。思辑用光⑧。弓矢斯张⑨，干戈戚扬⑩，爰方启行⑪。

笃公刘，于胥斯原⑫。既庶既繁⑬，既顺乃宣⑭，而无永叹。陟则在巘⑮，复降在原⑯。何以舟之⑰？维玉及瑶⑱，鞞琫容刀⑲。

笃公刘，逝彼百泉⑳，瞻彼溥原㉑。乃陟南冈，乃觏于京㉒。京师之野㉓，于时处处㉔，于时庐旅㉕，于时言言，于时语语㉖。

笃公刘，于京斯依㉗，跄跄济济㉘，俾筵俾几㉙，既登乃依㉚，乃造

---

② 笃：忠实厚道。③ 匪：非。居：安居。康：康乐。此句言公刘不敢求安居享乐。④ 埸(yì)：田界。疆：疆域。⑤ 积：露天粮囤。仓：粮仓。⑥ 裹：携带。餱(hóu)粮：干粮。⑦ 橐(tuó)：无底的长口袋，两端用绳扎紧。囊：粮袋。以上四句言，公刘为迁离有邰，先划分田界，组织人民收割庄稼，制成干粮，准备携带上路。⑧ 思：发语词。辑：和睦团结。用：当作。光：光荣。此句言公刘要求人民和睦团结。⑨ 斯：于是。张：准备。⑩ 戚：斧。扬：钺，大斧。⑪ 爰：于是。方：开始。启行：出发。以上三句言迁徙队伍携着武器上路。⑫ 于：于是。胥：观察。斯原：豳地的原野。此句言公刘观察豳地的地形。⑬ 庶：众。繁：多。⑭ 顺：民心顺服。宣：舒畅。以上两句言追随公刘的人民众多而心意悦服。⑮ 巘(yǎn)：小山。⑯ 以上两句言公刘登山下岭，考察豳地的山水形势。⑰ 舟：佩带。⑱ 维：是。瑶：似玉的美石。⑲ 鞞(bǐ)：刀鞘。琫(běng)：刀鞘口的玉饰。容刀：装着刀。⑳ 逝：往。百泉：泉水多的地方。㉑ 溥(pǔ)：大。溥原：开阔的原野。㉒ 觏(gòu)：望见。京：地名。㉓ 京师：公刘建宫室于京，作为周人国都，此后国都即沿称“京师”。野：四郊。㉔ 于时：于是。处处：安居。㉕ 庐旅：旅旅，寄居。㉖ 语语：笑语。以上五句言民众在京师周围定居下来，心情愉快。㉗ 依：依凭。㉘ 跄跄：步伐整齐貌。济济：态度从容端庄貌。㉙ 俾：使，安排。筵：筵席。几：几案。㉚ 登：登席。依：倚案。

其曹[31]，执豕于牢[32]，酌之用匏[33]。食之饮之，君子宗之[34]。

笃公刘，既溥既长[35]，既景乃冈[36]，相其阴阳[37]，观其流泉。其军三单[38]，度其隰原[39]，彻田为粮[40]。度其夕阳[41]，豳居允荒[42]。

笃公刘，于豳斯馆[43]。涉渭为乱[44]，取厉取锻[45]。止基乃理[46]，爰众爰有[47]。夹其皇涧[48]，遡其过涧[49]。止旅乃密[50]，芮鞫之即[51]。

㉛ 造：告祭。曹：禮，祭猪神。㉜ 执：捉。豕：猪。牢：猪圈。㉝ 酌：斟酒。之：指众宾客。匏：葫芦。㉞ 君：君王。宗：族长，以上言周人定居后举行宴饮和祭祀，并推举公刘为国君和族长。㉟ 溥、长：指豳地疆域广大。㊱ 景：影，以日影测定方位。冈：登上山冈。㊲ 相：仔细勘察。阴阳：地势的背阴和向阳。㊳ 单：通"禅"，言轮流代替。三禅，将军队分为三批，轮流服役，以省民力。㊴ 度：测量。隰原：低洼的平原。㊵ 彻：治理。彻田为粮，指不服役的军队也垦荒种粮。㊶ 夕阳：山的西面。㊷ 豳(bīn)：古地名。允：确。荒：远大。以上两句言公刘还勘察了西面尚未开垦的原野，发现豳地可供利用的土地实在广大。㊸ 馆：建房屋。㊹ 涉：渡。渭：渭水。为：而。乱：横流而渡。㊺ 厉：砺，坚硬的磨石。锻：捶物用的大石。㊻ 基：屋基。理：整治。以上四句言公刘为建宫室，派人渡过渭水，采来石块，作屋基等用。㊼ 爰：于是。众：增多。有：富足。此句言周民的住房逐渐增多。㊽ 夹：分布两岸。皇涧：豳地涧水名。㊾ 遡：沿水而上。过涧：也是豳地涧名。㊿ 止旅：周人定居的房屋。密：密集。(51) 芮：同"汭"，向内曲折的河边。鞫(jū)：向外曲折的河边。即：靠近。以上四句言，周人的居所，遍及皇涧两岸、过涧上游，及曲折的河水两侧。

（吴　格）

噫嘻[1]

【题解】

本诗是《诗经·周颂》中的一篇，记叙西周成王祀天祈年的乐歌。《周颂》中类似的作品还有《臣工》、《丰年》、《载芟》、《良耜》等篇，都是重视农耕的周人在祭祀天帝时祈祷丰年的颂歌。此诗称赞了成王敬重上天，以农为本的德行，并描述了当时的耕作情景。《颂》是《诗经》中与《风》、《雅》并列的一种诗歌形式，多用于宗庙祭祀、庆典等活动，以颂美、祝祷为主，歌词简质凝重，音节舒缓庄严。

噫嘻成王[2]，既昭假尔[3]。率时农夫[4]，播厥百谷[5]。骏发尔私[6]，终三十里[7]。亦服尔耕[8]，十千维耦[9]。

---

① 本诗选自中华书局1987年版王先谦《诗三家义集疏》卷二十五。② 噫嘻：祝颂开始时的感叹词。成王：周成王，文王孙，武王子，在位时重视农耕。③ 既：已。昭：昭明，表明。假：通“格”，到达，达成。尔：语助词。以上两句言，成王的虔敬已上达于天帝。④ 率：带领。时：此。⑤ 播：播种。厥：那些。以上两句言，率领这些农夫，赶快播种下百谷。⑥ 骏：迅捷。发：耕种。尔私：你们的私田。周代的耕田分为公田和私田。⑦ 终：尽。三十里：指私田的范围。以上两句是成王对农官的吩咐：种完公田以后，赶快去耕种私田，一直到三十里的范围。⑧ 服：从事。⑨ 十千：万人。耦(ǒu)：耦耕，两人配合着耕地。以上两句言，让农夫们都来助你耕种，上万人一起两两相对地干起来。

（吴　格）

屈原（约前340—前278） 先秦诗人。名平，字原，战国时楚人。他是与楚王同姓的贵族，曾任左徒、三闾大夫等官，一度受到楚怀王重用。后遭同僚上官大夫等人谗毁，被迫离开楚国的政治中心郢都。楚顷襄王时，屈原又遭令尹子兰之忌，被流放至江南。诗人目睹奸佞乱政，强敌临境，国事日非，悲愤忧郁，在汨罗江投水而死。屈原是中国最早的伟大诗人，"骚体"的创始者，所作《离骚》、《九歌》、《九章》、《天问》等，反映了他炽热的爱国精神和高尚的人格。作品想象瑰丽，文采绚烂，运用了大量的神话传说和奇妙比喻，是古代积极浪漫主义诗歌的典范。屈原的作品，在西汉末年由刘向辑集为《楚辞》（包括宋玉等人的作品）。

离　骚①

【题解】

《离骚》是屈原最长、最具有代表性的作品，是我国古代文学中仅见的长篇抒情诗。全诗以强烈的爱憎、丰富的形象、浓重的色彩，表现了屈原的进步理想、政治热情，对信念的执著追求和对黑暗势力毫不妥协的斗争精神。诗人反复申述自己的政治抱负，诉说自己在政治斗争中所受的迫害，以及对国家命运的忧虑。据《史记·屈原贾生列传》记载，《离骚》作于屈原遭谗被疏远期间，所谓"离骚"，即"遭遇忧患"的意思。作为长篇抒情诗，《离骚》突破了《诗经》"短章复叠"的形式，运用长句，参以灵活多变的句法，对抒情主题进行了层层深入的表达。浪漫的想象、瑰奇的语言、熟练的比兴手法，以及贯穿全篇的忠贞忧患意识，展示了诗人影响深远的人格精神和艺术个性，

① 本诗选自人民文学出版社影印宋本《楚辞集注》卷一。

具有永久的感染力。

帝高阳之苗裔兮[2]，朕皇考曰伯庸[3]。摄提贞于孟陬兮[4]，惟庚寅吾以降[5]。皇览揆余初度兮[6]，肇锡余以嘉名[7]：名余曰正则兮，字余曰灵均[8]。

纷吾既有此内美兮[9]，又重之以修能[10]。扈江离与辟芷兮[11]，纫秋兰以为佩[12]。汩余若将不及兮[13]，恐年岁之不吾与[14]。朝搴阰之木兰兮[15]，夕揽洲之宿莽[16]。日月忽其不淹兮[17]，春与秋其代序[18]。惟草木之零落兮[19]，恐美人之迟暮[20]。不抚壮而弃秽兮[21]，何不改乎此

---

② 高阳：古代部族首领项，号高阳氏，相传楚国王族是颛顼的后裔。苗裔：后代子孙。兮：楚地歌辞中的语助词。③ 朕(zhèn)：我。皇考：对亡父的尊称。伯庸：屈原父名。一说，伯庸为屈原远祖。④ 摄提：古代太岁纪年中“摄提格”的简称，即寅年。贞：正，正当。孟陬(zōu)：正月。⑤ 惟：发语词。庚寅：屈原生于庚寅日。降：降生。以上两句言，屈原生于寅年正月的庚寅日。⑥ 皇：皇考。览：观察。揆：揣。初度：初生时的情景。⑦ 肇：开始。锡：赐。嘉名：美名。以上两句言，父亲根据我出生的时辰，赐给了我美好的名字。⑧ 名：取名。字：取字。此二句言屈原名正则，字灵均。⑨ 纷：盛多貌。内美：内在的美好品质。⑩ 重：加以。修能：优秀的才能。⑪ 扈(hù)：身披。江离：香草，又名川芎。辟：同“僻”，幽。芷：香草，辟芷即生于幽僻处的芷草。⑫ 纫：连结。秋兰：秋季开花的兰草，香气浓郁。佩：佩带的饰物。⑬ 汩(yù)：水流快速状。不及：来不及。⑭ 不吾与：不等待我。以上两句言，时光若流水般飞逝，我总感到来不及，生恐岁月不等人。⑮ 搴(qiān)：摘取。阰(pí)：土坡。木兰：紫玉兰，树皮芬香。⑯ 揽：采摘。宿莽：经冬不衰的草。⑰ 忽：倏忽。淹：淹留。⑱ 代：替代。序：次序。代序犹言交替。⑲ 惟：思。零落：飘零。⑳ 美人：德才兼备的人物，《离骚》中所说的“美人”，都是借喻。迟暮：年老。以上四句以天时运行。草木荣枯，喻年华易老，应及时修德立业，以免无所成就。㉑ 抚壮：趁着壮年时光。弃秽：放弃丑行。

度㉒？乘骐骥以驰骋兮，来吾道夫先路㉓。

昔三后之纯粹兮㉔，固众芳之所在㉕。杂申椒与菌桂兮㉖，岂维纫夫蕙茝㉗？彼尧舜之耿介兮，既遵道而得路㉘。何桀纣之猖披兮，夫唯捷径以窘步㉙。惟夫党人之偷乐兮㉚，路幽昧以险隘。岂余身之惮殃兮㉛，恐皇舆之败绩㉜。忽奔走以先后兮，及前王之踵武㉝。荃不察余之中情兮㉞，反信谗而齌怒㉟。余固知謇謇之为患兮㊱，忍而不能舍也。指九天以为正兮㊲，夫唯灵修之故也㊳。曰黄昏以为期兮，羌中道而改路㊴。初既与余成言兮㊵，后悔遁而有他㊶。余既不难夫离别兮，伤灵

㉒ 此度：原有的行为与态度。以上两句是对楚王的劝诫。㉓ 来：招呼楚王之词。道：同“导”，引导。夫(fú)：语助词。先路：前面的道路。以上两句言，只要楚王乐意努力前进，自己愿作向导。㉔ 后：君。三后，楚国的先君，戴震以为是楚国的熊绎、若敖、蚡冒三位君主。纯粹：德行纯美无疵。㉕ 众芳：喻众多的贤臣。在：荟集。㉖ 申椒：申地所产之花椒。申椒与菌桂均香木，喻贤臣。㉗ 岂维：岂唯，岂止。蕙：香草，又名薰草，与兰草同类。茝(zhǐ)：同“芷”。蕙茝亦均喻贤臣。以上两句言，三后的德行纯美，由于他们拥有大批的贤臣。㉘ 道：正确的道理。路：治国的正确途径。以上两句言，尧舜的光明正大，是由于他们遵循正道而获得了治国的途径。㉙ 桀：夏桀，夏朝末代君主。纣：商纣，商朝末代君主，桀、纣均为历史上的暴君。猖披：猖狂放肆。捷径：邪路。窘步：陷入困窘难以举步。以上两句言，桀纣是何等猖狂放肆，由于专走邪路，以至寸步难行。㉚ 夫：彼，那些。党人：指楚王身边结党营私的人。偷乐：苟安享乐。㉛ 惮(dàn)殃：畏惧灾祸。㉜ 皇舆：国君所乘的高大车辆，喻楚王朝。败绩：倾覆。㉝ 及：赶上。前王：前代英明的君王。踵武：足迹。以上两句言，我多年来在楚王身边奔走照料，为的是让他按照前代贤君的脚印走。㉞ 荃(quán)：香草，喻楚王。中情：真情。㉟ 齌(jì)怒：暴怒。㊱ 謇(jiǎn)謇：正直敢言。㊲ 九天：上天，上帝。正：通“证”。㊳ 灵修：指楚王，灵修原为妻子对丈夫之美称，《楚辞》中多借夫妇以喻君臣，以上两句言，可以请上帝来作证，我的忠言都是为了楚王的缘故。㊴ 羌：发语词。中道：半路。以上两句言，当初受楚王信用，约定君臣合作至老，为何现在半路就改变了主意。㊵ 成言：彼此约定。㊶ 悔遁：后悔并迴避。有他：有了其他主意。

修之数化[42]。

余既滋兰之九畹兮[43]，又树蕙之百亩[44]。畦留夷与揭车兮[45]，杂杜衡与芳芷[46]。冀枝叶之峻茂兮[47]，愿竢时乎吾将刈[48]。虽萎绝其亦何伤兮[49]，哀众芳之芜秽[50]。

众皆竞进以贪婪兮[51]，凭不厌乎求索[52]。羌内恕己以量人兮[53]，各兴心而嫉妒[54]。忽驰骛以追逐兮[55]，非余心之所急。老冉冉其将至兮[56]，恐修名之不立[57]。朝饮木兰之坠露兮，夕餐秋菊之落英[58]。苟余情其信姱以练要兮[59]，长颇颔亦何伤[60]。揽木根以结茝兮[61]，贯薜荔之落蕊[62]。矫菌桂以纫蕙兮[63]，索胡绳之缅缅[64]。謇吾法夫前修兮[65]，

㊷ 伤：痛心。数(shuò)化：屡次变化。㊸ 滋：栽培。畹(wǎn)：十二亩。九畹，喻多。㊹ 树：种植。㊺ 畦(qí)：田垄，此指分垄栽种。留夷：香草名。或说即芍药。揭车：香草名，开白花，味辛。㊻ 杜蘅：香草名，似葵，俗称马蹄香。芳芷：白芷。以上四句以种植香草喻培养人才。㊼ 冀：希望。峻茂：高大茂盛。㊽ 竢(sì)：等待。刈(yì)：收割。㊾ 萎绝：枯萎凋落。何伤：不足哀伤。㊿ 芜秽：荒芜污秽。以上两句喻贤才受摧折还不算最伤心，可悲的是他们的同流合污。㉛ 众：楚王身边的奸佞。竞争：争着谋权夺利。㉜ 凭：满。厌：厌倦。求索：指追求名利。以上两句言，奸佞们贪得无厌，全无满足之时。㉝ 内：内心。恕：宽容。量：揣度估量。㉞ 兴：生。以上两句言，小人们惯于以己度人，彼此嫉妒。㉟ 驰骛：狂乱地奔驰。追逐：指追求权势与财富。㊱ 老：衰老。冉冉(rǎn)：渐渐。㊲ 修名：美名。以上两句言，屈原无视“众人”的追逐权势，而只担心衰老将临，仍不能树立美好的名声。㊳ 落英：初生的花。一说，坠落的花。以上两句以早晚服食花露，喻自己修行高洁，与上述贪婪者成对比。㊴ 苟：只要。信：确实。姱(kuā)：美好。练要：精诚专一。㊵ 颇(kǎn)颔(hàn)：憔悴貌。以上两句言，只要我的信仰确实美好而诚挚，即使长期受苦，又有何悲伤？㊶ 揽：持。木根：香木的根须。结：编结。㊷ 贯：贯串。薜荔：蔓生香草。蕊：花蕊。㊸ 矫：举起。㊹ 索：搓绳。胡绳：蔓生香草。缅(xǐ)缅：长而下垂，指绳索美好貌。㊺ 謇：忠贞貌。法：效法。前修：前贤。

非世俗之所服[66]，虽不周于今之人兮[67]，愿依彭咸之遗则[68]。长太息以掩涕兮[69]，哀民生之多艰[70]。余虽好修姱以鞿羁兮[71]，謇朝谇而夕替[72]。既替余以蕙纕兮[73]，又申之以揽茝[74]。亦余心之所善兮，虽九死其犹未悔[75]。怨灵修之浩荡兮[76]，终不察夫民心。众女嫉余之蛾眉兮[77]，谣诼谓余以善淫[78]。固时俗之工巧兮[79]，偭规矩而改错[80]。背绳墨以追曲兮[81]，竞周容以为度[82]。忳郁邑余侘傺兮[83]，吾独穷困乎此时也。宁溘死以流亡兮[84]，余不忍为此态也。鸷鸟之不群兮[85]，自前世而固然。何方圜之能周兮[86]，夫孰异道而相安[87]！屈心而抑志兮[88]，

---

⑥⑥ 服：服饰。一说，又包括上文所举服食的花露。⑥⑦ 周：合。⑥⑧ 彭咸：殷代的贤臣，因劝谏君主不被听取，投水自杀。⑥⑨ 太息：叹息。掩涕：拭泪。⑦⓪ 民生：人民的生计。多艰：多难。⑦① 修姱：修洁美好的德行。鞿(jī)：马缰绳。羁(jī)：马络头，鞿羁，喻自我约束。⑦② 谇(suì)：责骂。替：指废官。以上两句言，我虽能自我约束，保持美德，却遭人责骂并被免职。⑦③ 以：因为。纕(xiāng)：佩带。蕙纕，指以香草为佩带，喻志行高洁。⑦④ 申：重复，加以。揽茝：采摘白芷。以上两句言，我所以被废，是因为以蕙草为佩，加以又采集了白芷。⑦⑤ 亦：语助词。九死：多次死亡，九为虚数。以上两句言，既然我的道路是自己选择的，为此而死也不后悔。⑦⑥ 浩荡：无忧无虑貌。⑦⑦ 众女：指众小人。蛾眉：眉毛长得如蚕蛾的触须，细而弯曲，古人视为美貌的象征。⑦⑧ 谣诼(zhuó)：造谣诽谤。以上两句言，众小人嫉妒我的美貌，造谣诽谤我善淫。⑦⑨ 工巧：善于偷机取巧。⑧⓪ 偭(miǎn)：违背。规矩：画圆形及方形的工具，喻法度。错：措施。以上两句言，时下的风尚多投机取巧，违反法度，改变常规。⑧① 背：背离。绳墨：画直线用的丝线和墨斗，喻准则。追：追随。曲：邪曲。⑧② 竞：竞争。周容：苟合求容。度：常规。⑧③ 忳(tún)：忧貌。郁邑：忧郁。侘(chà)傺(jì)：失意貌。⑧④ 宁：宁可。溘(kè)：忽然。流亡：形神离散。⑧⑤ 鸷(zhì)：鹰隼。不群：不与凡鸟合群。⑧⑥ 方圜：方圆。周：相合。⑧⑦ 孰：谁。异道：不同追求。以上两句言，方圆不能相合，不同道的人不能相安。⑧⑧ 屈心：忍受委曲。抑志：压抑心志。

忍尤而攘诟[89]。伏清白以死直兮[90]，固前圣之所厚[91]。

悔相道之不察兮[92]，延伫乎吾将反[93]，回朕车以复路兮[94]，及行迷之未远[95]。步余马于兰皋兮[96]，驰椒丘且焉止息[97]。进不入以离尤兮[98]，退将复修吾初服[99]。制芰荷以为衣兮[100]，集芙蓉以为裳[101]。不吾知其亦已兮，苟余情其信芳[102]。高余冠之岌岌兮[103]，长余佩之陆离[104]。芳与泽其杂糅兮[105]，唯昭质其犹未亏[106]。忽反顾以游目兮[107]，将往观乎四荒[108]。佩缤纷其繁饰兮[109]，芳菲菲其弥章[110]。民生各有所乐兮[111]，余独好修以为常[112]。虽体解吾犹未变兮[113]，岂余心之可惩[114]！

⑻⑼ 忍尤：承受责备。攘诟（gòu）：招致诟骂。⑼⓪ 伏：通“服”，服膺。死直：为直道而死。⑼① 厚：看重。以上四句言，为了保持清白的人格，宁愿忍受责备、诟骂，甚至为正道而献身。⑼② 相（xiàng）道：观察道路。不察：不能明察。⑼③ 延伫：长久地站立。反：返回。⑼④ 复路：回复原路。⑼⑤ 及：趁着。行迷：迷路。以上两句言，折回我的车，趁着迷路不远，返回到原路上去。⑼⑥ 步：慢行。兰皋：水边的高地。⑼⑦ 椒丘：长着椒木的山丘。焉：此。止息：停车休息。⑼⑧ 进不入：仕进于朝廷而不被楚王信用。离：通“罹”，遭遇。⑼⑨ 初服：未进仕时的服装，喻初志。以上两句言自己未被楚王信任，反而遭受罪责，现要洁身退隐，进修原有的品德。[100] 芰（jì）：菱。荷：莲叶。衣：上衣。[101] 芙蓉：莲花。裳：下衣。[102] 苟：只要。信芳：真正芳洁。[103] 岌岌：高耸貌。[104] 佩：佩物。陆离：长貌。[105] 芳：香草。泽：通“殬”，汗水，喻污垢。杂糅：混杂。[106] 昭质：光明的品质。未亏：未受亏损。以上八句皆言“复修初服”之事。[107] 游目：纵目四望。[108] 四荒：四方。[109] 缤纷：盛多貌。繁：多。[110] 菲菲：香气勃勃。弥：愈加。章：显著。以上两句言所佩的香草盛多，芳香浓郁。[111] 民生：人生。乐：爱好。[112] 好修：爱好修洁优美的事物。[113] 体解：肢解。古代酷刑。[114] 惩：戒惧。以上两句言，即使粉身碎骨我也不会变节，我的心不会生畏惧。从篇首至此为全篇第一部分，诗人先叙身世，次述自己的品行及志向，再述遭小人谗毁、楚王疏远的不幸，并表示尽管处境恶劣，清白的操守和报国的忠诚决不改变。

女媭之婵媛兮[115]，申申其詈予[116]。曰：鲧婞直以亡身兮[117]，终然殀乎羽之野[118]。汝何博謇而好修兮[119]，纷独有此姱节[120]？薋菉葹以盈室兮[121]，判独离而不服[122]。众不可户说兮[123]，孰云察余之中情[124]？世并举而好朋兮[125]，夫何茕独而不予听[126]！

依前圣以节中兮[127]，喟凭心而历兹[128]。济沅、湘以南征兮[129]，就重华而敶词[130]。启《九辩》与《九歌》兮[131]，夏康娱以自纵[132]。不顾难以图后兮[133]，五子用失乎家巷[134]。羿淫游以佚畋兮[135]，又好射夫封狐[136]。固乱流其

---

⑮ 女媭（xū）：屈原的姐姐。楚人称姐为媭。婵（chán）媛（yuán）：因忧虑而语调急促。⑯ 申申：反复。詈（lì）予：责怪我。⑰ 鲧（gǔn）：传说中夏禹的父亲，因治水未成功被杀。婞（xìng）直：刚直。亡身：言不顾自身安危。⑱ 殀（yāo）：死。乎：于。羽：羽山。相传鲧死于该地。⑲ 博謇：渊博而忠直。好修：指热爱美名。⑳ 姱节：美好的节操。以上两句言，你为何要凡事直言，坚持美好的节操？㉑ 薋（zī）：草盛貌。菉、葹：王刍和苍耳，恶草，喻小人。盈室：充满朝廷。㉒ 判：判然，与众不同貌。独离：独自远离。服：佩带。以上两句言，周围都是普通的草木，为何独有你不肯佩带，意为不愿接近小人。㉓ 户说：挨家挨户去解说。㉔ 余：女媭和屈原。中情：内心的真情。㉕ 并举：互相推许。好朋：喜欢结为朋党。㉖ 茕（qióng）独：孤独。不予听：不听我。以上十句皆女媭劝戒屈原之语。㉗ 节：节制。中：正中。㉘ 喟（kuì）：叹息。凭：愤懑。历兹：至此。以上两句言，我的行为都依照前代圣人的教训而无偏差，但不为世俗所容，始终愤懑叹息。㉙ 沅、湘：水名，都在今湖南省。南征：南行。㉚ 就：向。重华：舜名，相传舜死葬于九嶷山，山在沅、湘之南。敶：同“陈”，陈述。㉛ 启：夏启，传说中夏禹之子。《九辩》、《九歌》：乐曲名，相传为夏启从上帝处取得。㉜ 夏：夏启。康娱：寻欢作乐。自纵：放纵自己。㉝ 顾难：顾及危难。图后：考虑到后来的事情。㉞ 五子：夏启的儿子，又名五观，曾据西河叛乱。用失乎：用乎，因而，“失”字误衍。家巷：家族内部的战乱。㉟ 羿（yì）：后羿，传说中夏代有穷国君主。淫：无节制。佚：放纵。畋（tián）：打猎。㊱ 封狐：大狐。

鲜终兮[137]，浞又贪夫厥家[138]。浇身被服强圉兮[139]，纵欲而不忍[140]。日康娱而自忘兮，厥首用夫颠陨[141]。夏桀之常违兮[142]，乃遂焉而逢殃[143]。后辛之菹醢兮[144]，殷宗用而不长[145]。汤禹俨而祇敬兮[146]，周论道而莫差[147]。举贤而授能兮，循绳墨而不颇[148]。皇天无私阿兮[149]，览民德焉错辅[150]。夫唯圣哲以茂行兮[151]，苟得用此下土[152]。瞻前而顾后兮，相观民之计极[153]。夫孰非义而可用兮，孰非善而可服[154]？阽余身而危死兮[155]，览余初其犹未悔。不量凿而正枘兮[156]，固前修以菹醢[157]。曾歔欷余郁邑兮[158]，哀朕时之不当[159]。揽茹蕙以掩涕兮[160]，霑余襟之

---

[137] 固：固然。乱流：淫乱之流。鲜：少有。终：下场。[138] 浞（zhuó）：寒浞，羿的相，因贪恋羿妻，勾结家臣逢蒙害死羿。厥：其。家：妻室。以上四句言羿放纵地游玩打猎，本来就不会有好下场，偏又遭寒浞谋害。[139] 浇（ào）：寒浞之子，勇猛有力，后被仇人杀死。被服：同披服。原作穿戴解，引申为依仗负持的意思。强圉（yǔ）：强御，强劲有力。[140] 不忍：不能自我克制。[141] 用：因。颠陨：掉落。以上四句言，浇仗着勇力，穷奢极欲，成天娱乐，不知克制，因此掉落脑袋。[142] 常违：违常，违反常规。[143] 遂焉：终于。逢殃：遭殃。[144] 后辛：商纣。菹（zū）醢（hǎi）：肉酱。商纣残暴，曾将人剁为肉酱。[145] 殷宗：殷商王朝。不长：指国运短促。[146] 汤禹：商汤、夏禹，都是古代贤明的君主。俨（yǎn）：严肃。祇（zhī）：恭敬。[147] 周：周初文王、武王等开国君主。论道：讲论治国的道理。莫差：没有差错。[148] 颇：偏颇，偏差。[149] 阿：偏袒，袒护。[150] 错：同"措"，设置，安排。辅：辅助。以上两句言，皇天对人并无偏袒，看谁具备德行就辅助谁。[151] 茂行：盛德之行。[152] 苟得：才能够。下土：四方国土，对"皇天"而言。以上两句言，只有圣哲以其盛德之行，才能够享有天下。[153] 计极：根本的考虑。[154] 夫孰：哪有。用：施行。服：用。以上四句言，考察古今兴衰及人民的根本利益，哪有不义、不善的行为可以长久施行？[155] 阽（diàn）：临近危难。危死：危险将死。[156] 量：度量。凿：榫（sǔn）眼。枘（ruì）：榫头。[157] 前修：前代的贤人。以上两句言，不度量榫眼而想削正榫头，这就是前代贤人被剁成肉酱的原因。向重华的陈词至此结束。[158] 曾：通"增"，多次。歔（xū）欷（xī）：哀泣声。郁邑：烦恼苦闷。[159] 时：时世。不当：不遭逢。[160] 茹蕙：柔软的蕙草。

浪浪⑯¹。

跪敷衽以陈辞兮⑯²，耿吾既得此中正⑯³。驷玉虬以乘鹥兮⑯⁴，溘埃风余上征⑯⁵。朝发轫于苍梧兮⑯⁶，夕余至乎县圃⑯⁷。欲少留此灵琐兮⑯⁸，日忽忽其将暮⑯⁹。吾令羲和弭节兮⑰⁰，望崦嵫而勿迫⑰¹。路曼曼其修远兮⑰²，吾将上下而求索⑰³。饮余马于咸池兮⑰⁴，总余辔乎扶桑⑰⁵。折若木以拂日兮⑰⁶，聊逍遥以相羊⑰⁷。前望舒使先驱兮⑰⁸，后飞廉使奔属⑰⁹。鸾皇为余先戒兮⑱⁰，雷师告余以未具⑱¹。吾令凤鸟飞腾兮，继之以日夜。飘风屯其相离兮⑱²，帅云霓而来御⑱³。纷总总其离合兮⑱⁴，斑

---

⑯¹ 霑：同“沾”，沾湿。襟：衣襟。浪浪：泪流不止貌。以上两句言，泪水沾湿衣襟，用柔软的蕙草揩拭不止。⑯² 敷：铺开。衽(rèn)：衣服的前襟。⑯³ 耿：光明。中正：正道。以上两句言，铺开前襟跪地继续陈词，我觉得已经获得了光明的正道。⑯⁴ 驷：驾着四马的车。玉虬(qiú)：带着玉饰的虬龙。鹥(yī)：凤鸟。⑯⁵ 溘(kè)：掩。埃风，夹着尘埃的大风。以上两句言，诗人乘着风尘，驾着龙凤在升上天空。⑯⁶ 轫(rèn)：停车时抵住车轮的木块，发轫，即搬去木块启程。苍梧：山名，即九嶷山，在今湖南宁远县东南。传说虞舜死于苍梧之野，葬于九嶷山。上文为屈原想象向舜陈词，所以此言从苍梧出发。以下是屈原在天上的行程。⑯⁷ 县圃：山名，在传说中神仙所住的昆仑山山顶。⑯⁸ 琐：古代门上雕镂的图案；灵琐，指神仙居处的大门。⑯⁹ 忽忽：匆匆。以上两句言，本想在神灵的门前稍停，但太阳已将下山。⑰⁰ 羲和：神话中太阳神的驾车者，以六龙为太阳驾车。弭(mǐ)：停止。节：鞭子。⑰¹ 崦(yān)嵫(zī)：神话中太阳出入之处。迫：迫近。以上两句言，我命令羲和停车，不要靠近太阳落山的地方。⑰² 曼曼：漫漫，幽远貌。修：长。⑰³ 求索：寻求。以上两句言，尽管前途漫长遥远，我仍要上天下地去寻求。⑰⁴ 咸池：神话中太阳沐浴的仙池。⑰⁵ 总：结。扶桑：神话中的仙树，生长于东方日出之处。⑰⁶ 若木：神话中的仙树，生长于西方日入之处。拂日：遮挡落日。⑰⁷ 聊：姑且。逍遥：优游自在貌。相羊：徜(cháng)徉(yáng)，徘徊。⑰⁸ 望舒：神话中的月神驾车者。⑰⁹ 飞廉：神话中的风神。奔属：奔跑着在后追随。⑱⁰ 鸾皇：凤凰。先戒：在前清道警戒。⑱¹ 雷师：雷神。未具：行装尚未备齐。⑱² 飘风：旋风。屯：聚。离：同“罹”，遭逢。⑱³ 帅：率。云霓：云霞。御：通“迓”(yà)，迎接。以上两句言，旋风结聚着向我靠拢，云霞拥挤着前来迎接。⑱⁴ 总总：聚合貌。离合：或聚或合。

陆离其上下[185]。吾令帝阍开关兮[186]，倚阊阖而望予[187]。时暧暧其将罢兮[188]，结幽兰而延伫[189]。世溷浊而不分兮[190]，好蔽美而嫉妒[191]。

朝吾将济于白水兮[192]，登阆风而緤马[193]。忽反顾以流涕兮，哀高丘之无女[194]。溘吾游此春宫兮[195]，折琼枝以继佩[196]。及荣华之未落兮，相下女之可诒[197]。吾令丰隆乘云兮[198]，求宓妃之所在[199]。解佩纕以结言兮[200]，吾令蹇修以为理[201]。纷总总其离合兮，忽纬繣其难迁[202]。夕归次于穷石兮[203]，朝濯发乎洧盘[204]。保厥美以骄傲兮[205]，日康娱以淫游，虽信美而无礼兮[206]，来违弃而改求[207]。览相观于四极兮[208]，周流

---

[185] 斑陆离：斑驳陆离貌，五光十色。上下：忽高忽低，沉浮不定。[186] 阍(hūn)：守门人。开关：开门。[187] 阊阖：天门。以上两句言，我叫天宫的守门人开门，他却倚着门不理我。[188] 时：时光。暧(ài)暧：日光昏暗貌。罢：终了。[189] 结：编结。幽兰：生于幽僻处的兰花。延伫：久久站立。以上两句言，时光将暮，我手里编结着幽兰，在天门外久久等候。[190] 溷(hùn)浊：混乱污浊。不分：善恶不分。[191] 好：喜欢。蔽美：压抑优秀的人才。[192] 白水：神话中源出昆仑山的水名。[193] 阆(láng)风：神话中昆仑山间的一处山名。一说即"县圃"。緤(xiè)马：系马。[194] 高丘：高山，指阆风山。女：神女，喻与自己志同道合者。以上两句言，反顾人间流泪不止，因为在天上仍然找不到志同道合者。[195] 溘：匆匆。春宫：神话中东方青帝所居住的仙宫。[196] 琼枝：玉树的枝柯。继佩：充当玉佩。[197] 下女：下界的女子。诒(yí)：通"贻"，赠给。以上两句言，折下玉树的花朵，送给人间的知己。诗人在楚国遭到贬抑，所以幻想漫游天界寻求知己，现在仍将目光转回人世。[198] 丰隆：神话中的云神。[199] 宓(fú)妃：传说中古帝伏羲氏的女儿，宓水女神。[200] 纕(xiāng)：佩饰。结言：订约。[201] 蹇(jiǎn)修：传说中伏羲氏的臣子。理：媒人，使者。以上四句言，诗人欲将宓妃作为追求的对象。[202] 纬繣(huà)：态度别扭。难迁：难以改变。以上两句言宓妃的态度不明朗，难以说服。[203] 次：止宿。穷石：神话中的山名。[204] 洧(wěi)盘：神话中的水名。[205] 保：保持。厥：其，指宓妃。美：美貌。[206] 信：确实。无礼：前面所说的"骄傲"。[207] 来：招呼蹇修之词。违弃：告别。以上四句言宓妃骄傲无礼，也不是诗人意中之人，只得另求知己。[208] 览、相、观：都作"看"解。四极：上下四方。

乎天余乃下[209]。望瑶台之偃蹇兮[210]，见有娀之佚女[211]。吾令鸩为媒兮[212]，鸩告余以不好。雄鸠之鸣逝兮[213]，余犹恶其佻巧[214]。心犹豫而狐疑兮，欲自适而不可[215]。凤皇既受诒兮[216]，恐高辛之先我[217]。欲远集而无所止兮[218]，聊浮游以逍遥。及少康之未家兮，留有虞之二姚[219]。理弱而媒拙兮，恐导言之不固[220]。世溷浊而嫉贤兮，好蔽美而称恶[221]。闺中既已邃远兮[222]，哲王又不寤[223]。怀朕情而不发兮[224]，余焉能忍与此终古[225]！

索藑茅以筳篿兮[226]，命灵氛为余占之[227]。曰：两美其必合兮，孰

---

[209] 周流：周游。以上两句言诗人结束在天界的漫游，回到人间。[210] 瑶台：玉石砌成的高台。偃(yǎn)蹇：高耸貌。[211] 有娀(sōng)：传说中的上古国名。佚女：美女。传说中有娀氏的美女名简狄，居于瑶台，后成帝喾之妃，生子名契，是商朝的始祖。[212] 鸩(zhèn)：传说中的一种毒鸟。媒：媒人。[213] 鸠：鸟名。善鸣。鸣逝：边叫边飞。[214] 恶(wù)：厌恶。佻巧：轻佻乖巧。以上四句言，请鸩鸟前去作媒，鸩鸟恶毒地说简狄不好。鸠鸟鸣叫着飞去说媒，诗人又嫌它过于轻佻。[215] 自适：亲自前往。[216] 受诒：受委托。[217] 高辛：帝喾即位后的称号。以上四句言，想自己前去和简狄交谈，犹豫着感到不合适。委托了凤凰前去作媒，又恐怕高辛氏的媒人已赶在前面。[218] 集：鸟栖止在树上。止：栖止。[219] 少康：夏后相之子，夏代的中兴之主。未家：未有家庭。有虞：传说中的古代国名，姓姚。少康因父亲被浇杀害，逃到有虞国，娶了有虞国君的二位女儿为妻，后来灭浇复夏。以上两句言，应像少康那样，趁着还未成家时，聘娶有虞国的二姚。[220] 导言：沟通双方的言词。不固：不牢靠。[221] 称恶：称颂恶行。[222] 闺中：女子的居室，喻所求的同志。邃(suì)远：深远。[223] 哲王：指楚怀王。哲，明智。寤：通"悟"，醒悟。以上两句言，欲求可以辅助楚王的贤臣不得，楚王偏又执迷不悟。[224] 不发：不得抒发。[225] 焉：怎。忍：甘心。终古：永远。以上两句言，我的忠贞之情始终得不到抒发，又怎样甘心就此了结。[226] 藑(qióng)茅：用作占卜的茅草。以：和。筳(tíng)篿(zhuān)：算卦用的竹片。[227] 灵氛：占卜的巫师。

信修而慕之[228]？思九州之博大兮，岂唯是其有女[229]？曰：勉远逝而无狐疑兮[230]，孰求美而释女[231]？何所独无芳草兮[232]，尔何怀乎故宇[233]？世幽昧以眩曜兮[234]，孰云察余之善恶[235]？民好恶其不同兮，惟此党人其独异[236]。户服艾以盈要兮[237]，谓幽兰其不可佩。览察草木其犹未得兮，岂珵美之能当[238]？苏粪壤以充帏兮[239]，谓申椒其不芳[240]。

欲从灵氛之吉占兮[241]，心犹豫而狐疑。巫咸将夕降兮[242]，怀椒糈而要之[243]。百神翳其备降兮[244]，九疑缤其并迎[245]。皇剡剡其扬灵兮[246]，

㉘ 孰：谁。信修：信服美好的德行。慕：爱慕，赏识。以上两句言，要双方德行修美才能相合，但又有谁信服赏识自己呢！㉙ 九州：中国。是：此，此地，指楚国。以上两句言，我想中国地方博大辽阔，哪里只是楚国才有美女（明君）呢？㉚ 曰：以下是灵氛所述的占卜结果。㉛ 释女：舍弃你。以上两句言，你努力远行不用再犹豫，器重美德的人是不会舍弃你的。㉜ 何所：何处。芳草：喻贤君。㉝ 尔：你。怀：怀恋。故宇：故国。㉞ 幽昧：昏暗。眩（xuàn）曜（yào）：眩目，混乱。㉟ 云：语助词。余：灵氛代屈原说话之词。察：明察。以上两句言，楚国世道昏暗混乱，谁能分辨我们的善恶？㊱ 党人：结党营私者，指楚国之奸臣。独异：尤其特殊。以上两句言，人们的爱憎本来就不同，而那些结党营私者的好恶却更为特殊。㊲ 户：各家。艾：恶草名，即白蒿。服艾：以艾草为佩物。盈要：满腰。㊳ 珵（chéng）：美玉。能当：能胜任。㊴ 苏：取。帏（wéi）：古人所佩的香袋。㊵ 申椒：香树。不芳：味道不香。以上六句言党人们不辨美恶：腰间挂满白蒿，还说兰花不能佩带，连草木的美恶都分不清，怎可能识别美玉？香袋里塞满粪土的人，当然认为申椒是没有香味的。㊶ 欲从：想听从。吉占：指以上灵氛的劝说。㊷ 巫咸：古代神巫，名咸。夕降：傍晚时降神，指巫者假装有天神附体，代神发表指示。㊸ 椒：花椒籽，味芳香。糈（xǔ）：精米，椒、糈都是敬神祭品。要：迎候。㊹ 百神：众神灵。翳（yì）：遮蔽。备降：一齐降临。㊺ 九嶷：九嶷山神，诗人想象上天周游后返回人世，故仍在九嶷山迎神。缤：盛多貌。并迎：山神一齐出迎天神。㊻ 皇剡（yǎn）剡：光芒照射貌。扬灵：显扬灵光。

告余以吉故㉗。曰：勉升降以上下兮㉘，求榘矱之所同㉙。汤、禹严而求合兮㉚，挚、咎繇而能调㉛。苟中情其好修兮，又何必用夫行媒㉜。说操筑于傅岩兮㉝，武丁用而不疑。吕望之鼓刀兮㉞，遭周文而得举㉟。宁戚之讴歌兮㊱，齐桓闻以该辅㊲。及年岁之未晏兮，时亦犹其未央㊳。恐鹈鴂之先鸣兮㊴，使夫百草为之不芳㊵。

何琼佩之偃蹇兮[261]，众薆然而蔽之[262]。惟此党人之不谅兮[263]，恐嫉妒而折之[264]。时缤纷其变易兮[265]，又何可以淹留？兰芷变而不芳兮，荃蕙化而为茅。何昔日之芳草兮，今直为此萧艾也[266]。岂其有他故兮，莫好修之害也。余以兰为可恃兮[267]，羌无实而容长[268]。委厥美以

[247] 吉故：吉利的故事，指下文巫咸所述古代君臣遇合的故事。[248] 升降、上下："上下而求索"。[249] 榘矱(huò)：丈量方形、长度的工具，喻法度、准则。以上两句开始为巫咸的劝告：继续努力求索，寻找志同道合者。[250] 严：严肃认真。[251] 挚：商汤时贤相伊尹名。咎繇(yáo)：皋陶，夏禹时的贤臣。调：调和，指君臣和衷共济。[252] 用：借助。行媒：媒人说合。以上四句言，商汤和夏禹得到挚、皋陶那样的贤臣辅佐，是由于他们的认真寻求，如果衷心地爱好美德，又何需媒人往来说合？[253] 说(yuè)：傅说，殷高宗武丁的贤相，原为从事建筑的刑徒。操筑：手持筑墙的木杵。傅岩：地名。[254] 吕望：姜尚，周文王的贤相，曾为屠夫。鼓刀：宰牲时敲刀出声。[255] 遭：遭逢。得举：被举用。[256] 宁戚：春秋时齐桓公的卿，曾在喂牛时敲着牛角讴歌，感叹怀才不遇，被齐桓公听见并重用。[257] 齐桓：春秋时齐国国君，称霸诸侯。该：备。该辅：备位于辅佐大臣之列。以上六句巫咸以傅说、吕望及宁戚的故事，说明贤臣要遇到明君才能有所作为。[258] 央：尽。[259] 鹈(tí)鴂(jué)：鸟名，即子规，又名杜鹃，鸣于落花时节。[260] 不芳：花草衰败。以上四句为巫咸劝屈原珍惜时光，趁年岁未老，努力作为，不要等到春尽花残，蹉跎光阴。[261] 琼佩：美玉所做的佩，喻美德。偃蹇：高耸貌。[262] 薆(ài)然：掩蔽貌。以上两句言，我的佩玉何等高洁，却被众人掩蔽得暗淡无光。[263] 不谅：不讲信义。[264] 折：摧折。之：指琼佩。[265] 缤纷：纷乱貌。[266] 直：竟。萧、艾：贱草名。以上四句喻君子蜕变为小人。[267] 可恃：可依靠。[268] 羌：语助词。无实：没有内在的品德。容长：美好的外表。

从俗兮[269]，苟得列乎众芳[270]。椒专佞以慢慆兮[271]，榝又欲充夫佩帏[272]。既干进而务入兮[273]，又何芳之能祗[274]？固时俗之流从兮[275]，又孰能无变化？览椒兰其若兹兮，又况揭车与江离[276]。惟兹佩之可贵兮[277]，委厥美而历兹[278]。芳菲菲而难亏兮[279]，芬至今犹未沬[280]。和调度以自娱兮，聊浮游而求女[281]。及余饰之方壮兮，同流观乎上下。

灵氛既告余以吉占兮，历吉日乎吾将行[282]。折琼枝以为羞兮[283]，精琼靡以为粻[284]。为余驾飞龙兮[285]，杂瑶象以为车[286]。何离心之可同兮，吾将远逝以自疏[287]。邅吾道夫昆仑兮[288]，路修远以周流。扬云霓之晻蔼兮[289]，鸣玉鸾之啾啾[290]。朝发轫于天津兮[291]，夕余至乎西极[292]。

㉖⑨ 委：委弃。厥美：原有的美质。从俗：追随世俗。㉗⓪ 苟：苟且。众芳：喻世俗所欢迎的花草。以上四句言，我本以为兰草是可靠的，谁知竟是徒有其表，它委弃了自己原有美质，宁可与世俗的花草同列。㉗① 椒：申椒。专佞：专横且谄媚。慢慆(tāo)：傲慢。㉗② 榝(shā)：恶草名。㉗③ 干进：钻营求进。务入：只求达到目的。㉗④ 祗(zhī)：敬。以上两句言椒、榝等一心钻营求进，当然不会再注重德行。㉗⑤ 流从：一作"从流"，指世人都随波逐流，不能自坚信念。㉗⑥ 以上两句言，椒、兰这样的香草都如此变化，又何况揭车和江离那样的草呢。㉗⑦ 兹佩：指琼佩。㉗⑧ 厥美：琼佩的美质。历兹：至此。以上两句言，唯有我的佩饰是最可贵的，但它的美质却被废弃至今。㉗⑨ 难亏：难以亏损。㉘⓪ 沬(mèi)：通"昧"，暗淡。以上两句言，佩饰的美质难以亏损，光泽至今没有暗淡。㉘① 和：使和谐。调：格调。度：法度。自娱：自我娱悦。求女：继续寻求意中人。以上两句言，诗人要保持自己的品格和准则，继续周游四方，寻求志同道合者。㉘② 历：选定。将行：又将启程。以上两句言，按照灵氛告诉我的意思，选定日子后我又要远行。㉘③ 羞：菜肴。㉘④ 精：精选。靡(mí)：细末。粻(zhāng)：粮食。㉘⑤ 驾飞龙：以飞龙驾车。㉘⑥ 象：象牙。以上两句言，让飞龙为我驾起用美玉和象牙制成的车辆。㉘⑦ 自疏：主动疏远。㉘⑧ 邅(zhān)：转道，转往。㉘⑨ 扬：高举。云霓：以云霞为旌旗。晻(yǎn)蔼：云霞蔽日貌。㉙⓪ 鸣：发出响声。玉鸾：车上玉制鸾鸟形的铃铛。㉙① 天津：天河的渡口，在东方的箕星和斗星之间。㉙② 西极：天界的西头。

凤皇翼其承旂兮[293]，高翱翔之翼翼[294]。忽吾行此流沙兮[295]，遵赤水而容与[296]。麾蛟龙使梁津兮[297]，诏西皇使涉予[298]。路修远以多艰兮，腾众车使径待[299]。路不周以左转兮[300]，指西海以为期[301]。屯余车其千乘兮[302]，齐玉轪而并驰[303]。驾八龙之婉婉兮[304]。载云旗之委蛇[305]。抑志而弭节兮，神高驰之邈邈[306]。奏《九歌》而舞《韶》兮[307]，聊假日以媮乐[308]。陟升皇之赫戏兮[309]，忽临睨夫旧乡[310]。仆夫悲余马怀兮[311]，蜷局顾而不行[312]。

乱曰[313]：已矣哉[314]！国无人莫我知兮，又何怀乎故都！既莫足与为美政兮，吾将从彭咸之所居[315]。

---

[293] 翼：翅翼开张貌。承：承接。旂：同“旗”，指云霓。[294] 翼翼：整齐有节奏貌。以上两句言，凤凰展翅连接着云霞，高高地飞翔，整齐而有节奏。[295] 流沙：神话中西方沙漠地区。[296] 赤水：神话中的水名，源出昆仑山。容与：缓缓行驶。[297] 麾:(huī)：指挥。梁津：在河上架桥。[298] 诏：命令。西皇：神话中的西方之神。以上两句言，我指挥蛟龙在河上架桥，命令西方之神引我渡过赤水。[299] 腾：升越。径：直接。待：等待。以上两句言，路途遥远又多艰险，命令从车超越我的车在前面等候。[300] 路：路过。不周：神话中的山名，在昆仑山西北。[301] 西海：神话中西方的海。期：约定。[302] 屯：聚集。乘(shéng)：四马一车称乘，千乘喻车辆盛多。[303] 齐：对齐。玉轪(dài)：玉制的车轮。以上两句言，聚集起我的车辆，对齐了车轮并列前进。[304] 婉婉：同蜿蜒，虬龙驾车起伏前行貌。[305] 云旗：饰有云霓之旗帜。委(wēi)蛇(yí)：曲卷延伸貌。[306] 邈邈：高远貌。以上四句言，诗人本想远往西海，龙车起伏前行，云旗飘扬伸展之间，忽又改变了主意，停车遐想。[307]《韶》(sháo)：《九韶》，传说中虞舜时的乐舞。[308] 聊：且。假日：借此时光。媮(yú)：通“愉”，愉快。以上两句言，奏起《九歌》，跳起《韶》舞，且暂时娱乐片刻。[309] 陟升：登天。皇：皇天，高空。赫戏：光明貌。[310] 临睨(nì)：从高处向下俯视。旧乡：楚国。以上两句言，诗人在升上高空时，忍不住又回望故乡。[311] 仆夫：驾车人。怀：怀恋。[312] 蜷(quán)局：马屈身不行貌。[313] 乱：古乐歌结尾时的合唱。[314] 已矣哉：算了吧！此是诗人绝望之词。[315] 从：追随。彭咸，见[68]注。所居：所选择的去处。以上言诗人在痛苦的思想矛盾中，立下了以身殉志的决心。

（吴　格）

湘 君[1]

【题解】

本篇和下篇《湘夫人》都是楚地人民祭祀湘水之神的乐歌，湘君和湘夫人是楚人心目中的一对配偶神，其形象是人们在想象中将湘水人格化的产物，又同古帝虞舜的传说有关。相传虞舜巡视南方，死于苍梧之野，葬于九嶷山，他的妻子娥皇、女英闻讯赶至洞庭湖地区，南望痛哭，投湘水以殉，遂变为水神。所以有人以为湘君是湘水之神，而湘夫人是舜的二妃。洞庭、湘水是楚人的发祥地，虞舜又是楚人崇拜的古帝，楚人将敬神的心理与神话人物优美地结合，创造了湘君、湘夫人的动人形象。诗中的湘君与湘夫人，彼此热烈爱慕而无法会合，哀怨缠绵，幽思郁结，明显受到虞舜与娥皇、女英悲剧传说的影响，并表达了楚人对纯洁爱情的赞颂和对幸福生活的向往。本篇为祭神时女巫饰湘夫人所唱恋慕湘君之词。

君不行兮夷犹[2]，蹇谁留兮中洲[3]？美要眇兮宜修[4]，沛吾乘兮桂舟[5]。令沅、湘兮无波[6]，使江水兮安流[7]。望夫君兮未来[8]，吹参差兮谁思[9]。

---

① 本篇选自人民文学出版社影印宋本《楚辞集注》卷二。② 君：湘君。夷犹：犹豫不决。③ 蹇：发语词。谁：为谁。中洲：水间陆洲。以上两句言，湘君犹豫着不肯动身前来，你是为谁而逗留在洲上？ ④ 要眇（miǎo）：美好貌。宜修：修饰得体。⑤ 沛：水中疾行貌。桂舟：桂木做成的船。以上两句言湘夫人美貌而修饰得体，乘着桂舟去与湘君见面。⑥ 沅、湘：沅水和湘水。⑦ 安流：流水安稳。⑧ 夫（fú）：语助词。⑨ 参差：竹管制成的乐器，即排箫。谁思：思念谁。以上两句言，一路波涛安稳，湘夫人吹箫等候，不见湘君来临。

驾飞龙兮北征⑩，邅吾道兮洞庭⑪。薜荔柏兮蕙绸⑫，荪桡兮兰旌⑬。望涔阳兮极浦⑭，横大江兮扬灵⑮。扬灵兮未极⑯，女婵媛兮为余太息⑰。横流涕兮潺湲⑱，隐思君兮陫侧⑲。

桂棹兮兰枻⑳，斫冰兮积雪㉑。采薜荔兮水中，搴芙蓉兮木末㉒。心不同兮媒劳㉓，恩不甚兮轻绝㉔。石濑兮浅浅㉕，飞龙兮翩翩㉖。交不忠兮怨长㉗，期不信兮告余以不闲㉘。

鼌骋骛兮江皋㉙，夕弭节兮北渚㉚。鸟次兮屋上㉛，水周兮堂下㉜。

---

⑩ 飞龙：龙舟，即制成龙形的桂舟。⑪ 邅：转向。道：航向。以上两句言湘夫人由湘水北上，行至洞庭湖仍不遇湘君。⑫ 薜荔：蔓生香草。柏：附着。蕙：兰类香草。绸：缠绕。⑬ 荪(sūn)：香草名。桡(ráo)：小桨。旌：旗杆顶端饰物。以上两句言，湘夫人所乘的桂舟，用香草装饰着船身和桨、旗杆。⑭ 涔阳：涔阳浦，在今洞庭湖西北岸与长江之间。极浦：远滩。⑮ 横：横渡。大江：指长江。扬灵：显神。以上两句言湘夫人渡过洞庭湖，经涔阳浦进入长江，在长江中发出灵光，召唤湘君。⑯ 未极：未及，未来临，指仍不见湘君踪影。⑰ 女：指湘夫人身边侍女。婵媛：见《离骚》注。以上两句言湘夫人远道奔波，侍女都为之忧劳叹息。⑱ 横：横溢。潺湲：水流不止貌。⑲ 隐：伤痛。陫(fěi)侧：悱恻，悲伤貌。以上两句言湘夫人不见湘君，涕泪横流，内心伤悲。⑳ 桂棹(zhào)：桂木制成的长桨。兰枻(yì)：以兰木制成的短桨。㉑ 斫(zhuó)冰：凿开冰块。积雪：指凿冰时冰雪积压。㉒ 搴(qiān)：摘取。以上四句以用木桨在冰河中行船，到水中去采陆生的薜荔，到树上去采水生的荷花，比喻想与湘君见面的艰难。㉓ 媒劳：媒人徒劳无功。㉔ 恩：感情。甚：深。以上两句言，彼此不同心，媒人再辛苦也无用；感情不深厚，所以才会轻易断绝。㉕ 石濑(lài)：石滩上的急流。浅浅：水疾貌。㉖ 翩翩：船行轻快貌。以上两句言湘夫人穿过急流，继续寻找湘君。㉗ 交：相交。怨长：怨深。㉘ 期：约会。不信：不守信。以上两句为湘夫人对湘君之怨言。㉙ 鼌(zhāo)：通“朝”，清晨。骋骛(wù)：疾驰。江皋：水滨。㉚ 弭节：停船。北渚：洞庭湖北岸的水畔。以上两句言湘夫人早晨从长江边启程，傍晚回到洞庭湖边停船。㉛ 次：止宿。㉜ 周：环绕。堂：厅堂。以上两句言湘夫人停船时所见。

捐余玦兮江中[33]，遗余佩兮醴浦[34]。采芳洲兮杜若，将以遗兮下女[35]。时不可兮再得，聊逍遥兮容与[36]。

㉝ 捐：抛弃。玦(jué)玉佩，环形而有缺口。㉞ 遗：遗留读作“坠”，丢下，遗弃。醴(lǐ)浦：澧水之滨，澧水流经长江与洞庭湖之间。以上两句言湘夫人因生气，将湘君所赠玦佩丢弃。㉟ 遗(wèi)：赠与。下女：侍女。㊱ 逍遥：自在貌。容与：徘徊漫步。以上四句言湘夫人自我宽慰，采香草送给侍女(本来要送给湘君)，又在芳洲上漫步(心中仍在等候)。

(吴　格)

湘　夫　人[1]

【题解】

本篇为祭神时男巫饰湘君所唱恋慕湘夫人之歌。古人祭神时，以一巫师代表鬼神身份歌唱，其余巫者配合舞蹈。主祭巫师所唱歌词，往往代表所祭之神的口吻；群巫所唱，则为祭神者的口吻。

帝子降兮北渚[2]，目眇眇兮愁予[3]。嫋嫋兮秋风[4]，洞庭波兮木

---

① 本篇选自人民文学出版社影印宋本《楚辞集注》卷二。② 帝子：湘夫人，娥皇、女英为古帝唐尧的女儿，所以称帝子。降：降临。③ 眇眇：望而不见。愁予：予愁，指湘君望不见湘夫人而忧愁。④ 嫋(niǎo)嫋：同“袅袅”，轻风吹拂貌。

叶下⑤。

登白薠兮骋望⑥，与佳期兮夕张⑦。鸟何萃兮蘋中，罾何为兮木上⑧？

沅有茝兮醴有兰⑨，思公子兮未敢言⑩。荒忽兮远望⑪，观流水兮潺湲。

麋何食兮庭中⑫，蛟何为兮水裔⑬？朝驰余马兮江皋⑭，夕济兮西澨⑮。闻佳人兮召予，将腾驾兮偕逝⑯。

筑室兮水中，葺之兮荷盖⑰。荪壁兮紫坛⑱，播芳椒兮成堂⑲。桂栋兮兰橑⑳，辛夷楣兮药房㉑。罔薜荔兮为帷㉒，擗蕙櫋兮既

---

⑤ 波：波浪泛起。木叶下：秋天的树叶随风飘落。以上两句言湘君寻找湘夫人，望见洞庭湖上萧瑟秋景。⑥ 白薠(fán)：薠草，生湖畔。骋望：纵目远望。⑦ 佳期：与湘夫人约会的时刻。夕张：傍晚时为期会而张罗准备。⑧ 萃(cuì)：聚集。蘋：水草名。罾(zēng)：鱼网。以上两句言，鸟为何聚集在水草上，鱼网为何张在树上？喻湘夫人未能前来相会。⑨ 茝(zhǐ)：同"芷"，即白芷。沅茝、醴兰都是香草，喻湘夫人。⑩ 公子：公主，指湘夫人。古代女子亦称"子"。⑪ 荒忽：恍惚，渺茫隐约貌。⑫ 麋(mí)：似鹿之兽。⑬ 水裔：水边。以上两句言，麋鹿应在深林，为何出现在庭院中；蛟龙应在深渊，为何出现在水边浅滩？诗人以此比喻所求不得。⑭ 江皋：江边高地。⑮ 济：渡。澨(shì)：水边。⑯ 腾驾：驾船奔驰飞腾。偕逝：一齐远去。以上四句为湘君言，清早驾船驶离江边，傍晚时又登上西面的河岸，听说湘夫人正在召唤我，我要和她一齐去远游。⑰ 葺(qì)：盖屋顶。以上两句言，我们要在水中建造一座房子，用荷叶来遮盖屋顶。⑱ 荪：香草。荪壁，编荪草为墙壁。紫：紫贝。紫坛，用紫贝装饰的花坛。⑲ 播：播撒。成堂：用花椒和泥涂饰堂壁。⑳ 桂栋：桂木制成的栋梁。兰橑(liáo)：兰木制成的屋椽。㉑ 辛夷：木兰类的花树。楣(méi)：门楣，门上横木。药房，用白芷装饰的卧房。㉒ 罔(wǎng)：编结。帷(wéi)：帷帐。

张㉓。白玉兮为镇㉔，疏石兰兮为芳㉕。芷葺兮荷屋㉖，缭之兮杜衡㉗。合百草兮实庭㉘，建芳馨兮庑门㉙。九嶷缤兮并迎㉚，灵之来兮如云㉛。

捐余袂兮江中㉜，遗余褋兮醴浦㉝。搴汀洲兮杜若㉞，将以遗兮远者㉟。时不可兮骤得㊱，聊逍遥兮容与。

㉓ 擗(pǐ)：分开。櫋(mián)：屋檐下木板。张：张挂。此句言把蕙草张挂在屋檐下。㉔ 镇：镇压坐席的重物。㉕ 疏：分布。石兰：山兰，兰草的一种。为芳：使芬芳香气充满房内。㉖ 芷葺：用白芷加盖屋顶。㉗ 缭(liáo)：缠绕。杜蘅：香草。以上两句言，用白芷覆盖荷叶制成的屋顶，用杜蘅缠绕在屋子周围。㉘ 合：汇集。百草：各种香草。实庭：布满庭院。㉙ 芳馨(xīn)：芳香。庑(wǔ)门：门廊。以上两句言，庭院中植满各种香草，让门廊里也飘浮着芳香。㉚ 九嶷：九嶷山的众神。缤：纷纷然。㉛ 灵：神灵。如云：喻众多。以上两句湘君憧憬与湘夫人共同生活，众神纷纷前来祝贺。㉜ 袂(mèi)：衣袖。㉝ 遗：丢弃。褋(dié)：单衣。醴浦：澧水之滨。以上两句言湘君未能遇见夫人，失望地将其赠物丢入水中。㉞ 汀洲：水边或水中的小洲。㉟ 远者，远方的人，指湘夫人。㊱ 时：相遇的时机。骤得：经常得到。

（吴　格）

少司命①

【题解】

本篇是祭祀少司命神的乐歌。少司命是楚人心目中职掌生育和命运的男神，朱熹认为，楚人祭神之时，迎接男神由女巫，迎接女神则用男巫（觋），因此此篇的歌者，历来认为是一群女巫。从篇中辞气的悲苦柔婉、渴望神来亲近自己、即使神别有所恋仍旧情不忘的叙述来看，确实符合女性的口吻。"悲莫悲兮生别离，乐莫乐兮新相知"的沉痛呼告，尤为真切动人，被人推为千古至情语。

秋兰兮麋芜②，罗生兮堂下③。绿叶兮素枝④，芳菲菲兮袭予⑤。夫人自有兮美子⑥，荪何以兮愁苦⑦。

秋兰兮青青⑧，绿叶兮紫茎。满堂兮美人，忽独与余兮目成⑨。入不言兮出不辞，乘回风兮载云旗⑩。悲莫悲兮生别离，乐莫乐兮新相知⑪。

---

① 本篇选自人民文学出版社影印宋本《楚辞集注》卷二。② 麋芜：香草，一名芎䓖。③ 罗生：并排罗列。堂下：庭院中。④ 素枝：一作素华，即白花。⑤ 袭：香气入鼻。予：我，女巫自指。以上四句以香草之美喻神之美，而自己爱慕不止。⑥ 夫（fú）：语助词。美子：美好的对象。⑦ 荪：香草，喻女巫自己。愁苦：思慕之苦。以上两句言少司命别有所恋，自己深感愁苦。⑧ 青青：通"菁菁"，茂盛貌。此以秋兰之茂喻神。⑨ 目成：眉目传情。⑩ 以上前四句为女巫对少司命的追忆，言曾经获少司命的青睐，后两句言少司命来去飘忽神秘。⑪ 以上两句言，自己因少司命不肯降临而悲愁，少司命却因别有新欢而快乐。

荷衣兮蕙带⑫，倏而来兮忽而逝⑬。夕宿兮帝郊⑭，君谁须兮云之际⑮？

与女游兮九河⑯，冲风至兮水扬波⑰。与女沐兮咸池⑱，晞女发兮阳之阿⑲。望美人兮未来⑳，临风怳兮浩歌㉑。

孔盖兮翠旍㉒，登九天兮抚彗星㉓。竦长剑兮拥幼艾㉔，荪独宜兮为民正㉕。

---

⑫ 荷衣：以荷叶为衣。蕙带：以蕙草为腰带。⑬ 倏(shū)：忽然，与“忽”同意。以上两句与“入不言兮出不辞”相应。⑭ 帝郊：天国的郊野。⑮ 君：指少司命。须：等候。云之际：云端。以上两句言，少司命晚上宿于天上，您在云端里等候谁呢？⑯ 女：你。九河：大河。⑰ 冲风：大风。⑱ 沐：沐浴。咸池：神话中的天池。⑲ 晞(xī)：晾干。阳之阿：向阳的山弯。以上四句为女巫憧憬之词，希望能与少司命一同出游、沐浴、晒太阳。⑳ 美人：少司命。㉑ 怳：怳惚，心神不定貌。浩歌：长歌。以上两句言少司命终于未降临，群巫只得临风长歌，以解幽怨。㉒ 孔盖：孔雀毛装饰的车盖。翠：翠鸟的羽毛。旍(jīng)：旗杆顶端的饰物。㉓ 九天：高空，古人认为天有九重。抚：降服。慧星：俗称扫帚星，灾星。㉔ 竦(sǒng)：直立，竦长剑，直举着长剑。拥：抱。幼艾：美好的儿童。㉕ 独宜：最适宜。正：主宰。以上四句述少司命的威仪和力量：驾着用孔雀、翠鸟羽毛饰成的车，登上天宇降服扫帚星，一手持剑，一手抱着婴儿，他是人们命运的主宰。

（吴 格）

山　鬼[1]

【题解】

本篇写山鬼（山中女神）等候情人前来相会，久无结果，满怀失望，悲哀地独自离去。《九歌》中的神鬼，没有威严狰狞的面目，而是富于人情味的精灵，其哀乐忧喜，与人们息息相关，反映了古代人民的鬼神观。

若有人兮山之阿[2]，被薜荔兮带女萝[3]。既含睇兮又宜笑[4]，子慕予兮善窈窕[5]。乘赤豹兮从文狸[6]，辛夷车兮结桂旗[7]。被石兰兮带杜衡，折芳馨兮遗所思[8]。

余处幽篁兮终不见天[9]，路险难兮独后来[10]。表独立兮山之上[11]，云容容兮而在下[12]。杳冥冥兮羌昼晦[13]，东风飘兮神灵雨[14]。留灵修兮憺忘归[15]，岁既晏兮孰华予[16]！

---

① 本篇选自人民文学出版社影印宋本《楚辞集注》卷二。② 若有人：仿佛有人，指山鬼。阿（ē）：山脚。③ 被：披。带女萝：以女萝为腰带。女萝，蔓生香草。④ 含睇（dì）：眼中含情。宜笑：笑容美好。⑤ 子：山鬼的情人。予：山鬼自称。窈窕：美好貌。⑥ 赤豹：赤毛黑纹的豹。从：跟随。文狸：黄黑相间的狸（豹类兽）。⑦ 辛夷车：用辛夷木制成的车子。桂旗：以桂枝为旗。⑧ 芳馨：芳香的花草。遗所思：赠给所思念的人。⑨ 余：山鬼自称。幽篁：幽深的竹林。⑩ 独：偏偏。后来：迟到。⑪ 表：特出貌。⑫ 容容：云起貌。以上四句言山鬼在竹林中等候情人不至，登上山巅，眺望云烟。⑬ 杳：深沉。冥冥：昏暗貌。羌：语助词。昼晦：下雨前天空昏黑貌。⑭ 神灵雨：神灵兴雨。⑮ 灵修：指山鬼。憺（dàn）：安。⑯ 晏：暮。华：动词，使焕发青春荣华。以上两句言。山鬼等候情人至暮，神情黯然，但仍盼望幸福降临。

采三秀兮于山间[17]，石磊磊兮葛蔓蔓[18]。怨公子兮怅忘归[19]。君思我兮不得闲。山中人兮芳杜若[20]，饮石泉兮荫松柏[21]，君思我兮然疑作[22]。靁填填兮雨冥冥[23]，猿啾啾兮狖夜鸣[24]。风飒飒兮木萧萧[25]，思公子兮徒离忧[26]。

---

⑰ 三秀：灵芝，因芝草一年三度开花得名。⑱ 磊磊：岩石高低不平貌。蔓蔓：蔓延貌。⑲ 公子：指山鬼所候之人。⑳ 山中人：山鬼自指。芳杜若：如杜若般芬芳。以上两句言山鬼怅惘之余，自我安慰，认为意中人也在思念自己，只是无空闲前来赴约。㉑ 荫松柏：以松柏为荫。㉒ 然：信。疑：不信。此句言山鬼又对意中人是否想念自己产生怀疑。㉓ 靁：古"雷"字。填填：雷声。㉔ 啾啾：猿啼声。狖（yòu）：长尾猿。㉕ 飒（sà）飒：风声。萧萧：风撼树木声。㉖ 离忧：罹忧，遭受忧苦。以上四句写山中雷雨欲来，猿啼风啸，山鬼满怀忧伤。

（吴　格）

国　殇[1]

【题解】

本篇是祭祀为国捐躯的将士的哀歌。诗人热烈歌颂了死难者的爱国精神和英雄气概，描述了古战场上激烈的战争场面：旌旗蔽日，战车奔突，兵戈交集，阵云惨淡。全诗风格刚健，气势庄严，悲壮之中，洋溢着古人尚武好勇的牺牲精神。国殇，

---

① 本篇选自人民文学出版社影印宋本《楚辞集注》卷二。

即指为国死难者。

操吴戈兮被犀甲[2]，车错毂兮短兵接[3]，旌蔽日兮敌若云，矢交坠兮士争先[4]。凌余阵兮躐余行[5]，左骖殪兮右刃伤[6]。霾两轮兮絷四马[7]，援玉枹击鸣鼓[8]。天时坠兮威灵怒[9]，严杀尽兮弃原野[10]。

出不入兮往不反[11]，平原忽兮路超远[12]。带长剑兮挟秦弓[13]，首身离兮心不惩[14]。诚既勇兮又以武，终刚强兮不可凌。身既死兮神以灵，子魂魄兮为鬼雄[15]。

---

② 操：持。吴戈：吴国所产锋利的铜戈。被：同“披”。犀甲：犀牛皮制成的铠甲。③ 错：交错。毂(gǔ)：车轮中心插轴处。短兵：短兵器，指刀剑。接：交战。④ 旌：旌旗。敌若云：形容敌人数量众多。矢：箭。交坠：双方劲射，箭矢撞在一起落地。士：士兵。⑤ 凌：侵犯。阵：作战时排成的阵营。躐：践踏。行(háng)：行列。⑥ 左骖：左旁的马。古战车用四马牵拉，中间两马称“服”，两旁之马称“骖”。殪(yì)：死。右刃伤：右骖被兵刃刺伤。⑦ 霾(mái)：通“埋”，指车轮陷入泥淖。絷(zhí)：绊住。⑧ 援：拿。玉枹(fú)：玉饰的鼓槌。击：捶击。鸣鼓：声音响亮的鼓。以上四句写战斗的激烈：对方战车冲入自己的阵营，战马被杀，战车不前，士兵浴血奋战，主将击鼓再三。⑨ 坠：坠落。天时坠，指形势对自己一方不利。威灵：阵亡将士不屈的魂灵。⑩ 严杀尽：严酷的厮杀夺去了全部战士的生命，以上两句言，天时不利，战斗失败，将士全部阵亡，尸横遍野。⑪ 出：出征。入：回家。往不返：没有活着返回。⑫ 平原：指战斗发生的原野。忽：飘忽渺茫。超远：遥远。以上两句哀悼英雄一去不复返，原野茫茫，不知魂归何处。⑬ 秦弓：秦地所产良弓。⑭ 心不惩：心中没有悔恨。⑮ 子：阵亡将士，即国殇。鬼雄：鬼中英雄。以上两句赞美亡灵：你们的身体虽然死了，精神却仍然能显灵，你们的魂魄仍然是鬼中的雄杰。

（吴　格）

橘颂[1]

【题解】

本篇是屈原早年的作品。“橘颂”，就是对楚地多产的橘树的赞颂。在诗人的眼中，自然界的橘树不仅具有茂美的外形、丰硕的果实，而且还具有内在的美德，可以成为人们效法的榜样。诗人托物咏志，先对橘树的外形作了生动的描写，继而将橘树人格化，歌颂其内在的完美品性，表达了诗人高尚的志趣和追求，给后人以永久的激励。

后皇嘉树[2]，橘徕服兮[3]，受命不迁[4]，生南国兮[5]。深固难徙[6]，更壹志兮[7]。绿叶素荣[8]，纷其可喜兮[9]。曾枝剡棘[10]，圆果抟兮[11]，青黄杂糅[12]，文章烂兮[13]。精色内白[14]，类可任兮[15]。纷缊宜修[16]，姱而不丑兮[17]。

---

① 本篇选自人民文学出版社影印宋本《楚辞集注》卷四。② 后：后土。皇：皇天，古人对天、地的尊称。③ 服：服习，适应。以上两句言，橘树是天地所生的佳树，适应楚地的水土，在此植根生长。④ 受命：禀承天命。不迁：不搬迁，传说橘树移植淮河以北即变质。⑤ 南国：南方。以上两句言橘树天性不可移植，只愿生长在楚地。这是诗人对家乡的热爱。⑥ 深固：根深蒂因。⑦ 壹志：专一的意志。⑧ 素荣：白色的花朵。⑨ 纷：纷茂。可喜：可爱。⑩ 曾枝：层叠的树枝。剡(yǎn)棘：橘树枝上的尖刺。⑪ 圆果：指橘子。抟(tuán)：滚圆。⑫ 此句指橘子将熟时果皮呈青黄色。⑬ 文章：纹理色采。烂：有光泽貌。⑭ 精色：精美的色泽。内白：洁白的内瓤。⑮ 类：似。可任：可担当大任。⑯ 纷缊(yūn)：香气浓郁。宜修：修美合宜。⑰ 姱(kuā)：美好。

嗟尔幼志⑱，有以异兮。独立不迁，岂不可喜兮。深固难徙，廓其无求兮⑲。苏世独立⑳，横而不流兮㉑。闭心自慎㉒，不终失过兮㉓。秉德无私㉔，参天地兮㉕。愿岁并谢㉖，与长友兮㉗。淑离不淫㉘，梗其有理兮㉙。年岁虽少，可师长兮㉚。行比伯夷㉛，置以为像兮㉜。

---

⑱ 嗟（jiē）：赞叹词。尔：你。幼志：幼年的志向。⑲ 廓（kuò）：空阔广大，指心胸宽广。无求：没有浅薄的追求。⑳ 苏：清醒。独立：独立于世。㉑ 此句意为不随波流。㉒ 闭心：含蓄坚忍。自慎：谨慎自重。此指橘子的果皮包裹着内瓤，自守内美。㉓ 不终：一作“终不”。失过：出现过失。㉔ 秉（bǐng）：秉承。㉕ 参：参合。以上两句言，橘树秉承了天地无私的品德。㉖ 岁：岁月。并谢：一同枯荣。㉗ 长友：永久为友。此句言橘树经冬不衰，四季长青，与岁月长相为伴。㉘ 淑：善良。离：通“丽”，美貌。不淫：不过分。㉙ 梗：梗直，坚强。理：树木的纹理，喻合乎道理。以上两句赞美橘树品质与外貌都美善。㉚ 以上两句言橘树虽年少，但品质高贵，可作为诗人的师长。㉛ 行：品行。伯夷：周初有节气之士，因反对周武王灭殷，后与弟叔齐隐居首阳山，穷饿至死。诗人认为橘树的“深固难徙”、“独立不迁”，可与伯夷的行为媲美。㉜ 置：置立。像：榜样。以上两句言，诗人像敬重伯夷一样地将橘树视为榜样。

（吴　格）

涉　江①

【题解】

本篇是屈原流放途中所作，记叙自己出楚都南行的历程和到达沅、辰时的心情。

---

① 本篇选自人民文学出版社影印宋本《楚辞集注》卷四。

篇中自述志行高洁，自幼至老，未曾稍懈，虽不为楚王信任及群小所容，心地仍然光明坦荡。“苟予心其端直兮，虽僻远之何伤”，这是古来志士仁人遭遇困厄、抵御邪恶的高贵节操，也正是屈原的人格世代受人尊崇的原因。

余幼好此奇服兮②，年既老而不衰③。带长铗之陆离兮④，冠切云之崔嵬⑤。被明月兮珮宝璐⑥。世溷浊而莫余知兮⑦，吾方高驰而不顾⑧。驾青虬兮骖白螭⑨。吾与重华游兮瑶之圃⑩。登昆仑兮食玉英⑪，与天地兮同寿，与日月兮同光⑫。哀南夷之莫吾知兮⑬，旦余济乎江湘⑭。

乘鄂渚而反顾兮⑮，欸秋冬之绪风⑯。步余马兮山皋⑰，邸余车兮方林⑱。乘舲船余上沅兮⑲，齐吴榜以击汰⑳。船容与而不进兮，淹回水而疑滞㉑。朝发枉陼兮㉒，夕宿辰阳㉓。苟余心其端直兮㉔，虽僻远之

---

② 奇服：奇伟的服饰，喻志行高洁，与世俗异趣。③ 不衰：不松懈，不放弃。④ 长铗(jiá)：长剑。陆离：参差貌，形容行走时长剑高低摆动。⑤ 切云：冠名，取高摩青云之意。崔嵬(wéi)：高耸貌。⑥ 被：同“披”。明月：夜光珠。珮：佩带。璐：美玉。⑦ 溷浊：混浊。⑧ 高驰：高高地坐在车上奔驰。⑨ 虬：有角的龙。螭(chī)：无角的龙。此句言让青虬在前驾车，白螭在两侧为骖。⑩ 重华：虞舜名。瑶：美玉。圃：园圃。⑪ 玉英：玉树的花。⑫ 此两句意为和天地日月同存。⑬ 南夷：居住在沅水、辰水一带的苗民。⑭ 江湘：长江和湘水。⑮ 乘：登上。鄂渚：地名，在今武昌市附近长江中。⑯ 欸(āi)：叹。绪风：残余的风。以上两句言屈原渡江时在鄂渚驻留，不忍告别楚国的山水风光。⑰ 山皋：水边高地。⑱ 邸：住宿。方林：地名。⑲ 舲船：有窗的小船。沅：沅水：源于贵州，流经湘西入洞庭湖。⑳ 齐：并举。吴榜：大桨。汰：水波。击汰：划水。㉑ 淹：停留。回水：回旋的水流。疑滞：凝滞，阻滞不前貌。以上四句言屈原溯沅江而上，前往流放地，一路船行艰难，备尝艰辛。㉒ 发：出发。枉陼(zhǔ)：地名，在今湖南省常德市南。㉓ 辰阳：地名，在今湖南辰溪西。㉔ 苟：如果。端直：端方正直。

何伤㉕。

入溆浦余儃佪兮㉖，迷不知吾所如㉗。深林杳以冥冥兮㉘，猨狖之所居㉙。山峻高以蔽日兮，下幽晦以多雨。霰雪纷其无垠兮㉚，云霏霏而承宇㉛。哀吾生之无乐兮，幽独处乎山中。吾不能变心而从俗兮，固将愁苦而终穷㉜。

接舆髡首兮㉝，桑扈臝行㉞。忠不必用兮，贤不必以㉟。伍子逢殃兮㊱，比干菹醢㊲。与前世而皆然兮㊳，吾又何怨乎今之人。余将董道而不豫兮㊴，固将重昏而终身㊵。

乱曰：鸾鸟凤皇，日以远兮。燕雀乌鹊，巢堂坛兮㊶。露申辛夷㊷，死林薄兮㊸。腥臊并御㊹，芳不得薄兮㊺。阴阳易位，时不当兮㊻。怀信侘傺㊼，忽乎吾将行兮㊽。

㉕ 僻远：荒僻遥远。以上两句言屈原处困厄而不伤悲。㉖ 溆浦：溆水沿岸，在今湖南西部。儃(chán)佪：徘徊貌。㉗ 所如：所往。㉘ 杳(yǎo)：深远。冥冥：昏暗貌。㉙ 猨：同"猿"。狖(yòu)：猿猴。以上四句写溆水流域山高林密、荒无人迹。㉚ 霰(xiàn)：雪珠。无垠(yín)：无边。㉛ 霏霏：云雨盛多貌。承宇：屋檐承接云雨。㉜ 终穷：穷困终老。㉝ 接舆：春秋时楚国的狂士。髡(kūn)首：剃去头发，古代的一种刑罚。相传接舆曾自刑身体，避世不仕。㉞ 桑扈(hù)：传说中的古代隐士。臝(luǒ)行：赤身裸体行走。㉟ 以：用。㊱ 伍子：伍子胥，春秋时吴国大将，后被吴王夫差杀害。逢殃：遭殃。㊲ 比干：殷代贤臣，因忠谏而被纣残杀。菹(zū)醢(hǎi)：肉酱，比干遭害后被制成肉酱。㊳ 与：通"举"。举前世，犹自古以来。皆然：都如此。㊴ 董道：正道。不豫：不犹豫。㊵ 重昏：层层黑暗。以上两句言，尽管前代忠贤也都遭厄，我仍然要坚持正道而不犹豫，即便身陷黑暗直至终身。㊶ 巢：巢居，做窝。坛：庭院。㊷ 露申、辛夷：香木名。㊸ 林薄：丛林草木杂生处。㊹ 腥：腥气。臊：臊味，均不洁之物。御：一同进用。㊺ 芳：芳香之物。薄：靠近。㊻ 时不当：时世不合适，言生不逢时。㊼ 怀信：怀抱忠信。侘(chà)傺(jì)：不得志貌。㊽ 忽：飘忽，匆忽。将行：将继续远行，喻将殉道。以上两句言，自己怀抱孤忠，终不见明，沈痛之余，决意继续前进。

（吴　格）

哀郢[1]

【题解】

本篇是屈原被放逐途中所作。“哀郢”就是哀念郢都和人民的意思。屈原被放逐，在楚顷襄王元年，这一年秦兵南侵，攻取楚国东境析城等十五城，斩杀楚兵五万人而去，楚国人民纷纷沿汉水向南逃亡，情景极为悲惨。屈原前往楚南，取道东行，途中正遇战后人民流离奔散，所见景象，触目惊心，自念身世，更生感伤。回首楚国都城日行日远，瞻望楚国前途日益艰危，忧心如焚，不禁步履艰难，涕泪涟涟。诗人的痛苦，联系着祖国的命运及人民的安危，因而包含了深厚的内涵，不同于一般的“迁客”之词。

皇天之不纯命兮[2]，何百姓之震愆[3]！民离散而相失兮，方仲春而东迁[4]。去故乡而就远兮，遵江夏以流亡[5]。出国门而轸怀兮[6]，甲之鼂吾以行[7]。发郢都而去闾兮[8]，荒忽其焉极[9]。楫齐扬以容与兮，哀见君而不再得。望长楸而太息兮[10]，涕淫淫其若霰[11]。过夏首西

---

① 本篇选自人民文学出版社影印宋本《楚辞集注》卷四。郢（yǐng）：楚国都城，在今湖北江陵西北。② 纯：纯正，专一。此句言天命失常。③ 愆（qiān）：假作“惊”。震愆即震惊。④ 仲春：夏历二月。⑤ 江夏：长江和夏水。流亡：流放。⑥ 国门：郢都城门。轸（zhēn）怀：痛心。⑦ 甲：甲日。鼂：同“朝”。⑧ 去：离开。闾（lǘ）：里门，指家乡。⑨ 荒忽：恍惚，心神不定貌。焉极：到哪里是终点。⑩ 长楸（qiū）：高大的楸树，指郢都城内外所植大树。⑪ 淫淫：流动貌。若霰：像雪珠一样滚落。

浮兮⑫,顾龙门而不见⑬。心婵媛而伤怀兮⑭,眇不知其所蹠⑮。顺风波以从流兮,焉洋洋而为客⑯。凌阳侯之泛滥兮⑰,忽翱翔之焉薄⑱。心絓结而不解兮⑲,思蹇产而不释⑳。

将运舟而下浮兮㉑,上洞庭而下江。去终古之所居兮㉒,今逍遥而来东㉓。羌灵魂之欲归兮,何须臾而忘反㉔!背夏浦而西思兮㉕,哀故都之日远。登大坟以远望兮㉖,聊以舒吾忧心。哀州土之平乐兮㉗,悲江介之遗风㉘。

当陵阳之焉至兮㉙,淼南渡之焉如㉚。曾不知夏之为丘兮㉛,孰两东门之可芜㉜!心不怡之长久兮㉝,忧与忧其相接。惟郢路之辽远

---

⑫ 夏首:夏水的源头,此指长江流入夏水处,在郢都附近。西浮:乘船西行,屈原离开郢都,先循夏水西行,进入长江后再顺流东下。⑬ 龙门:郢都东门。以上两句言,船过夏首,回头已望不见郢都的城门。⑭ 婵媛:情思缠绵貌。⑮ 眇:通“渺”,渺茫遥远。蹠(zhí):践,落脚。所蹠,所到之处。以上两句言,心中充满缠绵难解的哀伤,前途渺茫,不知到何处落脚。⑯ 焉:乃。洋洋:飘泊无依貌。客:放逐者。⑰ 阳侯:传说中的波浪之神,此指波浪。泛滥:波涛汹涌貌。⑱ 忽:飘忽。翱翔:形容船上下飘浮。焉:何。薄:临近,到达。以上四句言,小船乘着风波在江上飘荡,波涛汹涌,船轻如鸟飞。但前途茫茫,不知何处为终点。⑲ 絓(guà)结:牵挂。不解:忧思郁结。⑳ 蹇(jiǎn)产:委曲压抑。释:释怀。㉑ 运舟:驾舟。下浮:顺流而下。㉒ 终古:世世代代。所居:居处。㉓ 逍遥:飘荡。来东:来到东方。㉔ 须臾(yú):片刻。忘反:忘记返乡。以上四句言,离开祖辈居住的家乡,飘流来到东方,心魂牵念着故乡,没有一刻忘记返回。㉕ 背:背离。夏浦:夏水之滨,即夏口,今湖北汉口。西思:思念西面的家乡。㉖ 大坟:水边高堤。㉗ 哀:哀伤,痛惜。州土:国土。平乐:土地宽广,人民安乐。㉘ 悲:与上句“哀”字同义,都有“痛惜”意。江介:江畔,指长江两岸。遗风:古代遗留的风俗。以上两句言,长江两岸广袤的田野和安居的人民,以及世代遗存的民风,随着国家危亡,眼看就不能保留,不禁痛惜万分。㉙ 当陵阳:面对着波浪(阳侯)。㉚ 淼(miǎo):大水茫茫貌。焉如:前往何处。㉛ 曾不知:不曾料想。夏:江夏。丘:废墟。㉜ 孰:谁说。两东门:郢都东面的两座城门。芜:荒芜,指亡国。㉝ 怡:愉快。

兮，江与夏之不可涉。忽若不信兮㉞，至今九年而不复㉟。惨郁郁而不通兮，蹇侘傺而含感㊱。

外承欢之汋约兮㊲，谌荏弱而难持㊳。忠湛湛而愿进兮㊴，妒被离而鄣之㊵。彼尧舜之抗行兮㊶，瞭杳杳而薄天㊷。众谗人之嫉妒兮，被以不慈之伪名㊸。憎愠惀之修美兮㊹，好夫人之忼慨㊺。众踥蹀而日进兮㊻，美超远而逾迈㊼。

乱曰：曼余目以流观兮㊽，冀壹反之何时㊾！鸟飞反故乡兮，狐死必首丘㊿。信非吾罪而弃逐兮(51)，何日夜而忘之(52)。

㉞ 忽：匆促。若不信：难以置信。㉟ 不复：不复还，以上两句言，时光迅速令人难以相信，流放生活已经过去九年。㊱ 惨郁郁：愁思郁结貌。不通：心情不舒畅。蹇：发语词。侘傺：困顿失意貌。感：同“戚”，忧戚。㊲ 外：外表。承欢：迎合人意。汋(zhuó)约：柔顺貌。㊳ 谌(chén)：实在。荏(rěn)弱：软弱。难持：难以依赖。以上两句言楚王身边的党人：外表柔顺，曲意奉承君主，内心却软弱无能，国家有危难时难以依靠。㊴ 湛(zhàn)湛：深厚貌。愿进：愿意为国效用。㊵ 妒：指嫉妒贤臣的党人。被离：纷乱貌。鄣：同“障”，阻塞。以上两句言自己怀着耿耿忠心愿为楚王效力，却被嫉妒的党人们所阻挡。㊶ 抗行：高尚的行为。㊷ 瞭：眼明。杳(yǎo)杳：高远貌。薄天：高入云天，以上两句言，尧舜有高尚的行为，目光远大，高入云天。㊸ 被：加上。伪名：捏造的恶名。指唐尧虞舜都未将君位传给儿子而另选贤者为继承人，后代的俗人不能理解，反诬蔑尧舜是“不慈”。屈原于此暗讽楚怀王的儿子顷襄王昏庸无能，另一位儿子令尹(楚相)子兰则害得楚怀王入秦国做了人质。㊹ 愠(wěn)惀：忠诚而不善言词貌。㊺ 夫：彼。忼慨：慷慨，善于激昂言词者。㊻ 众：谗人。踥(qiè)蹀(dié)：碎步行走貌。㊼ 美：指贤人。超远：远远。逾迈：疏远，远离。以上四句言，楚王憎恨忠诚正直者，喜爱巧言夸饰者，小人们日渐充斥朝廷，贤人们只得远远避开。㊽ 曼：同“漫”，延伸，漫余目，放开眼光。㊾ 壹反：返回郢都一趟。以上两句言：我放眼四望，想回郢都的愿望，何时才能实现？㊿ 首丘：传说狐狸死时必将头对着生长的山丘。(51) 信：确实。(52) 之：郢都。

（吴　格）

抽思①

【题解】

本篇是屈原在楚怀王时初次遭贬斥，迁移到汉北时所作。“抽思”即从复杂的思绪中理出头绪加以陈述的意思。诗人离开楚国政治中心郢都迁移到汉北，对于重返朝廷仍充满期望，他对楚怀王及楚国的前途尚未绝望，因而魂梦中仍然热烈地向往着郢都和楚王，坚信着自己的理想能有机会实现。可是冷酷的政治现实，后来竟将诗人的愿望无情地摧毁。

心郁郁之忧思兮②，独永叹乎增伤③。思蹇产之不释兮④，曼遭夜之方长⑤。悲秋风之动容兮⑥，何回极之浮浮⑦？数惟荪之多怒兮⑧，伤余心之懮懮⑨。愿摇起而横奔兮⑩，览民尤以自镇⑪。结微情以陈词兮⑫，矫以遗夫美人⑬。

---

① 本篇选自人民文学出版社影印宋本《楚辞集注》卷四。② 郁郁：忧思郁结貌。③ 永叹：长叹。增伤：增加感伤。④ 蹇产：曲折纡回貌。不释：不解。⑤ 曼：同“漫”。以上两句言，愁思纠缠无法解脱，偏又遭遇漫长的夜晚。⑥ 动容：改变面貌，指自然界在秋风中变为萧瑟。⑦ 回极：一说作“四极”，指天宇。浮浮：动荡貌。⑧ 数(shuò)：屡屡。惟：思。荪：草名，喻楚王。⑨ 懮(yōu)懮：愁苦貌。以上四句以秋风萧瑟，天宇动荡，喻楚王之易怒，使自己忧心忡忡。⑩ 摇起：突然而起。横奔：任意奔逐。⑪ 民尤：百姓的苦难。自镇：自我镇定。以上两句言，想直起而冲突，不受委曲，但看到百姓遭受苦难，只得镇静下来。⑫ 结：组织。微情：对自己心意的谦词。陈词：向楚王进谏。⑬ 矫：举。遗(wèi)：赠与。美人：指楚王。以上两句言，把我的心意聚结成忠告，作为礼物献给楚王。

昔君与我诚言兮⑭，曰黄昏以为期⑮。羌中道而回畔兮⑯，反既有此他志⑰。憍吾以其美好兮⑱，览余以其修姱⑲。与余言而不信兮，盖为余而造怒⑳。愿承间而自察兮㉑，心震悼而不敢㉒。悲夷犹而冀进兮㉓，心怛伤之憺憺㉔。兹历情以陈辞兮㉕，荪详聋而不闻㉖。固切人之不媚兮㉗，众果以我为患㉘。

初吾所陈之耿著兮㉙，岂至今其庸亡㉚？何毒药之謇謇兮㉛，愿荪美之可完㉜。望三五以为像兮㉝，指彭咸以为仪㉞。夫何极而不至兮㉟，故远闻而难亏㊱。善不由外来兮，名不可以虚作㊲。孰无施而有报兮，孰不实而而有获㊳。

---

⑭ 诚言：或作“成言”，约定。⑮ 黄昏：古人以傍晚举行婚礼。期：婚期，喻君臣合作。以上两句言楚王当初曾信任自己，约定君臣合作到底。⑯ 羌：发语词。回畔：犹反复。畔，通“叛”，背离。⑰ 他志：别的主意。⑱ 憍：同“骄”。其：指楚王。⑲ 览：显示。姱：美好。以上两句言楚王时时骄傲地表现自己。⑳ 盖：语助词。造怒：生怒。以上两句言楚王骄横自负，不听劝告，反因自己的忠告而发怒。㉑ 承间：趁机会。自察：自我表白，请楚王体察。㉒ 震悼：恐惧害怕。㉓ 夷犹：犹豫。冀进：希望进用。㉔ 怛(dá)伤：悲伤。憺(dàn)憺：忧心如焚貌。㉕ 兹历情：细述此情。㉖ 详：通“佯”，假装。以上二句言，这次历陈己意，楚王却装着耳聋而不听我。㉗ 切人：正直切实者。㉘ 众：指楚王身边的党人。以上两句言，忠直的人本来不会曲意谄媚，党人们果然视我为祸患。㉙ 耿著：明白显著。㉚ 庸：全。亡：通“忘”。以上两句言，当初我说的道理都十分明白，怎么现在完全忘记了？㉛ 毒药之：当作独乐斯，即独乐此，偏以此为乐。謇謇：正直敢言貌。㉜ 荪美：指楚王的德业。可完：王业得以达成。以上两句言，我为何独独喜欢正直进谏呢？是盼望楚王能刷新国政。㉝ 三五：三王（夏禹、商汤、周文王）五霸（春秋时的齐桓公、晋文公、秦穆公、宋襄公、楚怀王）。㉞ 彭咸：传说中殷代的贤臣，忠直敢言。仪：表率。以上两句言，君王应以三王五霸为榜样，臣子应以彭咸为楷模。㉟ 极：极点，目的地。不至：不到。㊱ 远闻：传到远方的名声。不亏：不受损。以上两句言，天下事只要努力都会达到目标，所以好名声可以传到很远的地方。㊲ 虚作：凭空产生。㊳ 不实：不结实。获：收获。以上两句言，谁能不帮助人而得到报答，谁能不等果实成熟就有收获？

少歌曰[39]：与美人抽怨兮[40]，并日夜而无正[41]。憍吾以其美好兮，敖朕辞而不听[42]。

倡曰：有鸟自南兮[43]，来集汉北[44]。好姱佳丽兮[45]，牉独处此异域[46]。既惸独而不群兮[47]，又无良媒在其侧。道卓远而日忘兮[48]，愿自申而不得[49]。望北山而流涕兮[50]，临流水而太息[51]。望孟夏之短夜兮[52]，何晦明之若岁[53]？惟郢路之辽远兮[54]，魂一夕而九逝[55]。曾不知路之曲直兮，南指月与列星[56]。愿径逝而未得兮[57]，魂识路之营营[58]。何灵魂之信直兮[59]，人之心不与吾心同[60]。理弱而媒不通兮[61]，尚不知余之从容[62]。

乱曰：长濑湍流[63]，泝江潭兮[64]。狂顾南行[65]，聊以娱心兮[66]。轸石

㊴ 少歌：楚辞歌唱中穿插的合唱。㊵ 美人：喻楚王。抽怨：朱熹认为应作"抽思"，即细细说理。㊶ 并日夜：以日继夜。正：目标，标准。㊷ 敖：通"傲"，傲视、轻慢。朕辞：我的话。以上四句用合唱形式总结前半篇：不论我如何细细陈说事理，即使从白天讲到黑夜，也得不到理解，楚王骄傲地显示他的优越感，对我的话根本听不进。㊸ 倡：同"唱"，楚辞歌唱中的领唱。自南：从南方飞来。㊹ 汉北：汉水北面，今湖北襄樊地区。㊺ 此句指鸟羽美丽。㊻ 牉(pàn)：分离，离群。以上四句以鸟飞汉北独处，喻自己的迁徙。㊼ 惸(qióng)独：孤独。㊽ 卓(chuò)：通"逴"，远。日忘：指逐渐被楚王忘却。㊾ 申：申辩。㊿ 北山：郢都附近的山，此指郢都。(51) 流水：指汉水。(52) 孟夏：夏历四月。本篇前段曾言"秋风"，此言"孟夏"，暗写在汉北已度过冬春。(53) 晦(huì)明：从黑夜到天明。若岁：像一年那么漫长。以上两句言诗人夜不能寐，短暂的夏夜，却觉得像一年那么长久难捱。(54) 惟：发语词。郢路：通往郢都的路。(55) 九逝：多次前往，"九"为形容次数多的虚数。以上两句言，回郢都的道路虽然遥远，可我每夜的梦魂却多次地返回故乡。(56) 指：向。列星：天空中的星座。以上两句言，梦魂不熟悉去郢都的路程，只能向着南方天空的月亮和星星飞行。(57) 径逝：直往。(58) 营营：劳碌貌。以上两句言，想直接返回郢都而难以如愿，梦魂在夜空中劳碌地辨识着道路。(59) 信：诚信。直：正直。(60) 人：指党人。(61) 见《离骚》注。(62) 从容：举动。(63) 乱：楚地乐歌中的尾声。濑(lài)：从沙石流过的急水。湍(tuān)：水流急速貌。(64) 泝(sù)：逆流而上。江：汉水。潭：深水。以上两句言，诗人在汉水的急流中继续北上，离郢都更远。(65) 狂顾：急切地四面张望。(66) 聊：姑且。娱乐：安慰自己。以上两句言屈原在途中的痛苦心情。

嵗嵬[67]，蹇吾愿兮[68]。超回志度[69]，行隐进兮[70]。低徊夷犹[71]，宿北姑兮[72]。烦冤瞀容[73]，实沛徂兮[74]。愁叹苦神[75]，灵遥思兮[76]。路远处幽[77]，又无行媒兮[78]。道思作颂[79]，聊以自救兮[80]。忧心不遂[81]，斯言谁告兮[82]。

㊼ 轸(zhěn)石：怪石。嵗(wēi)嵬(wéi)：突兀不平貌。㊽ 蹇(jiǎn)：阻碍。以上两句言，江中怪石丛生，阻碍了诗人南返的愿望。㊾ 超：远。回：反思。志度：意图。㊿ 隐进：行进迟缓。以上两句言，前后思考，反复犹豫，诗人迟迟不能前行。[71] 低徊：徘徊。夷犹：迟疑。[72] 北姑：地名。[73] 烦冤：烦闷抑郁。瞀(mào)容：昏乱貌。[74] 沛：颠沛。徂：行程。以上四句言，徘徊犹疑不能前行，诗人止宿在北姑地方，满怀烦冤，神思昏乱，这实在是一次充满颠波的行程。[75] 苦神：神容劳苦。[76] 灵：心灵。遥思：思念郢都。[77] 处幽：处于幽僻。[78] 行媒：前往向楚王说情者。以上四句仍写诗人思返不得后的矛盾心理。[79] 道思：一路沉思。作颂：作歌。[80] 自救：解脱痛苦。[81] 不遂：不能实现。[82] 斯言：以上的言词。告：告诉楚王。以上四句言，诗人为解脱胸中的痛苦，一路作歌自慰，又叹息自己的忧思忠言，有谁能代向楚王陈诉。

（吴　格）

怀　　沙[①]

【题解】

本篇是屈原的绝命之词。"怀沙"，照前人的解释，即怀抱沙囊以沉江的意思。屈原被放逐到南方，心中仍系念着楚国的命运及安危。他的内心，时刻盼望着能获赦北

---

① 本篇选自人民文学出版社影印宋本《楚辞集注》卷四。

归，重新参预朝政，拯救危亡。但是事与愿违，屈原不仅不能返回朝廷，楚国的命运在秦国的侵略下也日趋危殆，诗人日夜担心的亡国之变即在眼前。回天无力，忧心如焚，不忍坐视宗国的覆灭，诗人遂决意以死明志。

滔滔孟夏兮②，草木莽莽。伤怀永哀兮，汩徂南土③。眴兮杳杳④，孔静幽默⑤。郁结纡轸兮⑥，离慜而长鞠⑦。抚情效志兮⑧，冤屈而自抑⑨。刓方以为圜兮⑩，常度未替⑪。易初本迪兮⑫，君子所鄙。章画志墨兮⑬，前图未改⑭。内厚质正兮⑮，大人所盛⑯。巧倕不斫兮⑰，孰察其拨正⑱？玄文处幽兮⑲，蒙瞍谓之不章⑳。离娄微睇兮㉑，瞽以为无明㉒。变白以为黑兮，倒上以为下。凤皇在笯兮㉓，鸡鹜翔舞㉔。同糅玉石兮㉕，一概而相量㉖。夫惟党人鄙固兮㉗，羌不

---

② 滔滔：大水貌。孟夏：夏历四月。③ 汩(yù)：行走貌。徂：往。南土：指屈原放逐所到的沅、湘地区。④ 眴(shùn)：同“瞬”，眨眼貌。⑤ 孔：甚。幽默：沉默。⑥ 纡轸：深忧，与“郁结”意近。⑦ 离：同“罹”，遭。慜：伤痛。鞠：穷困。以上四句言，诗人目光深沉，静默无语，愁怀郁结，神志沮丧。⑧ 抚：循。效：同“核”，核查。⑨ 自抑：自我压抑。以上两句言，抚念情志，只能压抑自己冤屈的心情。⑩ 刓(wán)：切削。圜：圆。⑪ 常度：法度，法则。未替：未废。⑫ 此句言变易当初的基本方针。⑬ 章：明。画：木工所划墨线。志：记。墨：墨线。⑭ 前图：前代留下的尺度。以上两句言，犹如木工所划的墨线清晰彰明，这是前人留下的尺度，不容改变。⑮ 内厚：内心忠厚。质正：品质端正。⑯ 大人：正人君子。盛：盛美，注重。⑰ 倕(chuí)：虞舜时的巧匠。斫(zhuó)：砍斫。⑱ 拨：曲。正：直。以上两句言，巧匠倕如果不动斧子，谁又能相信他的技艺。⑲ 玄文：黑色的纹理。处幽：在黑暗中。⑳ 蒙瞍：视力不佳者。章：明显。㉑ 离娄：传说中古代目力超群者。微睇(dì)：略微斜眼。㉒ 瞽(gǔ)：盲人。无明：眼睛无光。㉓ 笯(nú)：牢笼。㉔ 鹜(wù)：鸭。㉕ 糅：杂糅。㉖ 相量：同样去称量。㉗ 鄙固：鄙陋顽固。

知余之所臧[28]。

任重载盛兮[29]，陷滞而不济[30]。怀瑾握瑜兮[31]，穷不知所示[32]。邑犬群吠兮[33]，吠所怪也。非俊疑杰兮[34]，固庸态也[35]。文质疏内兮[36]，众不知余之异采[37]。材朴委积兮[38]，莫知余之所有[39]。重仁袭义兮[40]，谨厚以为丰[41]。重华不可遌兮[42]，孰知余之从容？古固有不并兮[43]，岂知其何故？汤禹久远兮，邈而不可慕[44]。惩连改忿兮[45]，抑心而自强。离愍而不迁兮[46]，愿志之有像[47]。进路北次兮[48]，日昧昧其将暮。舒忧娱哀兮，限之以大故[49]。

乱曰：浩浩沅湘，分流汩兮[50]。修路幽蔽[51]，道远忽兮[52]。怀质抱情，独无匹兮[53]。伯乐既没，骥焉程兮[54]？万民之生[55]，各有所错

㉘ 臧(zāng)：善。㉙ 载盛：负载盛多。㉚ 不济：不能度越。㉛ 瑾、瑜：美玉。㉜ 穷：穷蹙。所示：向人显示。㉝ 邑犬：乡村里的狗。㉞ 非：否定。疑：怀疑。㉟ 庸态：庸人的心态。㊱ 文质：文彩和质实。疏内：疏讷，言词木讷。㊲ 异采：美丽的文采。㊳ 材：有用之材。朴：未经斧削的木料。委积：堆积。㊴ 所有：所拥有。以上四句言，尽管文质彬彬，但不善炫耀，虽为有用之材，也不被重用。㊵ 重：注重。袭：沿袭。㊶ 谨厚：谨慎厚重。丰：内心丰富。㊷ 遌(è)：逢。㊸ 固：固然。不并：不同样，言难以和古代并论。㊹ 邈：远。慕：追慕。㊺ 惩：纠正。连：一作“违”，过错。忿：不平。㊻ 离愍：遭遇患难。不迁：不改变志向。㊼ 有像：合于法度。以上四句为诗人自勉：纠正过失，改去气忿不平的冲动，即使饱经忧患也不改变志向，使自己的行为都合于法度。㊽ 进路：归路。北：向北。次：止宿。㊾ 舒忧：抒发忧愁。娱哀：宽解悲哀的情绪。限之：被限制。大故：死期。以上四句言，诗人想北上返归郢都，因日暮而不得前行，想暂时忘却忧伤，却不忍偷生苟活，已看到了生命的尽头。㊿ 汩(gǔ)：水流貌。[51] 修路：漫长的路。幽蔽：阴影重重。[52] 道远：道路遥远。忽：荒忽。以上两句言看不到前途。[53] 质：纯质。情：情操。匹：匹偶。以上两句言，独有我怀抱纯净清洁，寻不到知音。[54] 伯乐：传说中善于相马者。没：死去。骥：千里马。焉程：谁能识别。[55] 万民之生：一作“民生禀命”，言万民之生，都禀承了天命。

兮[56]。定心广志，余何畏惧兮[57]。曾伤爰哀[58]，永叹喟兮[59]，世溷浊莫吾知，人心不可谓兮[60]。知死不可让，愿勿爱兮[61]。明告君子，吾将以为类兮[62]。

---

⑯ 错：同“措”，措置，安排。⑰ 以上四句言，每人的生命都要遵循天意。安定下自己的心志，对死亡毫无恐惧。⑱ 曾：同“增”。爰：语助词。曾伤爰哀，言哀伤不断加深。⑲ 永：长。叹喟（kuì）：叹息。⑳ 不可谓：不足谓，不值得提起。㉑ 勿爱：勿贪恋生命。㉒ 以为类：与古今君子为同类。以上四句言，诗人已意识到自己的归宿，不再贪恋肉体的生命，愿以死报国，与古今贤人君子成为同类。

（吴　格）

招　魂[1]

【题解】

本篇是屈原流放途中闻知楚怀王死讯后所作。一说是宋玉所作，为屈原招魂。古代治丧时，有登上屋顶大声为死者招魂的习俗。招魂时的歌词，可随对象变换，屈原的这篇《招魂》词，即为悼念被囚死于秦国的楚怀王而作。据《史记》记载，秦昭王为侵占楚国土地，骗楚怀王入秦，勒逼不成，就将其囚禁起来。三年后，怀王死在秦国。屈原在朝时，曾竭力反对怀王入秦。怀王死时，屈原已在流放之中，他痛心怀王的命运和

---

① 本篇选自人民文学出版社影印宋本《楚辞集注》卷四。

楚国的前途，满怀悲愤，倾述于滔滔不绝的铺叙中，感慨极深。《招魂》的主题，是招唤怀王“魂兮归来江南”。篇中大量使用的铺陈，对汉代“赋”体的形成具有重要影响。

朕幼清以廉洁兮②，身服义而未沬③。主此盛德兮④，牵于俗而芜秽⑤。上无所考此盛德兮⑥，长离殃而愁苦⑦。帝告巫阳曰⑧：“有人在下⑨，我欲辅之。魂魄离散，汝筮予之⑩。”巫阳对曰：“掌梦⑪。上帝其难从⑫，若必筮予之，恐后之谢⑬，不能复用⑭。”

巫阳焉乃下招曰⑮：魂兮归来！去君之恒干⑯，何为四方些⑰？舍君之乐处⑱，而离彼不祥些⑲。魂兮归来，东方不可以托些⑳！长人千仞㉑，惟魂是索些㉒。十日代出㉓，流金铄石些㉔。彼皆习之㉕，魂

---

② 朕(zhèn)：我。清以廉洁：清白而廉洁。③ 服义：履行道义。沬(mèi)：与“昧”同，昏暗不明。④ 主：守。盛德：崇高的道义。⑤ 牵：牵连，拖累。芜秽：杂乱不洁。⑥ 上：君王，指楚怀王。考：考察。⑦ 离殃：遭逢祸殃。⑧ 帝：天帝。巫阳：古代神巫。⑨ 有人：指楚怀王。⑩ 筮(shì)：用蓍草卜筮。予：给还。以上四句天帝对巫阳言：下界有个人我想辅助他。现在灵魂已离散，你快卜筮魂归何处，以便为他招魂。⑪ 掌梦：占梦，指用卜筮结果来解释的吉凶。⑫ 从：听从。以上两句为巫阳的回答：占梦是可以办到的，但上帝关于招魂的命令难以听从。⑬ 后：落后。谢：衰败。⑭ 复用：再起作用。以上三句似有脱误，大意为：如果一定要筮得楚王魂在何处，并把灵魂还给他，恐怕已经来不及，我的本事不能起作用。⑮ 焉：于是。乃下：就降落人间。此句以下为巫阳招魂语。⑯ 去：脱离。君：指离魂。恒：常有。干：躯干。⑰ 何为：为何。四方：在四方游荡。些(suò)：楚人于禁咒语尾惯用助词。⑱ 舍：抛舍。乐处：安乐的处所。⑲ 离：同“罹”，遭。不祥：不吉利，灾祸。⑳ 托：寄居。㉑ 长人：传说中东方有吃人的巨人。千仞：犹言千丈，古人以八尺为仞。㉒ 以上两句言，东方有可怕的长人，专门索取人的灵魂。㉓ 代出：轮流升起。㉔ 流金：将金属熔成流动的液体。铄(shuò)石：使石头消毁。㉕ 彼：指长人。习之：习惯。

往必释些[26]。归来归来，不可以托些！魂兮归来，南方不可以止些[27]！雕题黑齿[28]，得人肉以祀[29]，以其骨为醢些[30]。蝮蛇蓁蓁[31]，封狐千里些[32]，雄虺九首[33]，往来倏忽，吞人以益其心些[34]。归来归来，不可以久淫些[35]！魂兮归来，西方之害，流沙千里些！旋入雷渊[36]，爢散而不可止些[37]。幸而得脱[38]，其外旷宇些[39]。赤蚁若象，玄蜂若壶些[40]，五谷不生，丛菅是食些[41]。其土烂人，求水无所得些[42]，彷徉无所倚[43]，广大无所极些[44]。归来兮，恐自遗贼些[45]。魂兮归来，北方不可以止些！增冰峨峨[46]，飞雪千里些。归来归来，不可以久些[47]！魂兮归来，君无上天些[48]！虎豹九关[49]，啄害下人些[50]。一夫九首，拔木九千些[51]。豺狼从目[52]，往来侁侁些[53]。悬人以娭[54]，投之深渊些。致命于帝[55]，然后得瞑些[56]。归来归来，往恐危身些！魂兮归来，君无下

㉖ 释：化解。以上四句言，东方有十个太阳轮流升空，热度能消熔金石，长人们对此早已习惯，你去了则一定被焚化。㉗ 止：停留。㉘ 题：额；雕题，在额上刻花纹。㉙ 以祀：用人肉作祭品。㉚ 醢：肉酱。㉛ 蝮(fù)蛇：一种毒蛇。蓁(zhēn)蓁：蛇多貌。㉜ 封狐：大狐。千里：行走千里，此言遍地可见。㉝ 雄虺(huǐ)：雄性大毒蛇。㉞ 益：滋补。㉟ 淫：淹留。久淫：久留。㊱ 旋入：卷入。雷渊：神话中的深渊。㊲ 爢(mí)散：糜烂粉碎。止：终结。以上两句言，如果被卷入深渊，灵魂就会糜烂粉碎，不可收拾。㊳ 脱：逃脱。㊴ 旷宇：荒无人烟的土地。㊵ 玄蜂：黑蜂。壶：通“瓠”，葫芦。以上两句形容赤蚁、玄蜂大得可怕。㊶ 丛菅(jiān)：丛生的菅草，此句言地不生五谷，只能以菅草为食。㊷ 此两句言，西方的地气温热，使人容易溃烂，渴欲求水，却不可得。㊸ 彷徉(yáng)：游荡不定貌。倚：依靠。㊹ 极：尽头。㊺ 遗(wèi)：送。贼：害。此句言不归来就会自已送命。㊻ 增冰：层层的冰雪。峨峨：冰峰耸立貌。㊼ 久：久留。㊽ 无：勿。上天：升上天界。㊾ 九关：九重天门。㊿ 啄害：吞食。下人：下界的人。51 拔木：拔树。九千：喻多。52 从：通“纵”，纵目，瞪大眼睛。53 侁(shēn)侁：众多貌。54 悬人：将人倒挂。以娭：一作“以嬉”，以玩耍。55 致命：复命。此言“悬人”“投渊”之事，皆是天帝之命。56 瞑(míng)：睡。

此幽都些[57]！土伯九约[58]，其角觺觺些[59]。敦脄血拇[60]，逐人駓駓些[61]。参目虎首[62]，其身若牛些。此皆甘人[63]，归来归来，恐自遗灾些！魂兮归来，入修门些[64]。工祝招君[65]，背行先些[66]，秦篝齐缕[67]，郑绵络些[68]。招具该备[69]，永啸呼些[70]。魂兮归来，反故居些[71]。

天地四方，多贼奸些[72]。像设君室[73]，静闲安些[74]。高堂邃宇[75]，槛层轩些[76]。层台累榭[77]，临高山些[78]。网户朱缀[79]，刻方连些[80]。冬有突厦[81]，夏室寒些[82]。川谷经复[83]，流潺湲些。光风转蕙[84]，氾崇兰些[85]。经堂入奥[86]，朱尘筵些[87]。砥室翠翘[88]，挂曲琼些[89]。翡翠珠

㊼ 幽都：地府。㊽ 土伯：地府的君主。九约：九屈，此言土伯形状丑恶。㊾ 觺（yí）觺：锐利貌。㊿ 敦：厚。脄（méi）：背上的肉。血拇：拇指上沾着血。(61) 逐人：追逐人。駓（pī）駓：迅捷貌。以上两句言，土伯背脊隆起，指爪沾血，飞快地追人。(62) 参（sān）目：三只眼睛。(63) 甘：美味，甘人，以吃人为享受。(64) 修门：郢都南门之一。(65) 工祝：能干的男巫。(66) 背行：倒退着走。先：在前引路。以上四句言，工祝倒退着在前引路，招魂进入郢都的南门。(67) 秦篝：秦地出产的竹笼。用来薰衣的竹笼。齐缕：齐地出产的彩线。(68) 郑绵络：郑地出产的纺织物。(69) 招具：招魂用的器具，指上句的秦篝、齐缕和郑绵络。该备：齐备。(70) 永：长。啸呼：欢迎魂归来的呼声。以上写招魂时的情景。(71) 反：返。(72) 贼奸：贼害人的丑类。(73) 像：死者的遗像。君室：指楚王的宫室。(74) 静：安静。闲安：舒适。(75) 邃宇：深的屋宇。(76) 槛：围绕着栏杆。层轩：层层楼房。(77) 台：高台。累榭：重叠的房子。(78) 临：紧靠着。(79) 网户：有网状空格的门。朱缀（zhuì）：用朱红装饰网格交缀处。(80) 刻：雕刻。方连：方形图案。(81) 突（yào）厦：深奥的房屋，寒气不易侵入。(82) 夏室：夏天的居室。寒：凉。(83) 川谷：河流。经复：曲折地环绕房屋。(84) 光风：阳光和清风。转蕙：拂动蕙草。(85) 氾：同“泛”，洋溢。崇兰：丛生的兰草，以上两句言，庭院里丛生着香草，在阳光清风里生机勃勃。(86) 经堂：穿过堂屋。入奥：进入内室。(87) 朱尘：涂成红色的承尘（顶棚）。筵：竹席。以上两句言，屋内上有红色的顶棚，下铺平滑的竹席。(88) 砥：磨平。砥室：墙壁磨得很光滑。翠翘：翠绿的鸟羽，用来装饰墙壁。(89) 曲琼：弯曲的玉钩。

被⑩，烂齐光些⑪。蒻阿拂壁⑫，罗帱张些⑬。纂组绮缟⑭，结琦璜些⑮。室中之观⑯，多珍怪些⑰。兰膏明烛⑱，华容备些⑲。二八侍宿⑩，射递代些⑩。九侯淑女⑩，多迅众些⑩。盛鬋不同制⑩，实满宫些⑩。容态好比⑩，顺弥代些⑩。弱颜固植⑩，謇其有意些⑩。姱容修态⑩，絙洞房些⑪。蛾眉曼睩⑫，目腾光些⑬。靡颜腻理⑭，遗视矊些⑮。离榭修幕⑯，侍君之闲些⑰。翡帷翠帐⑱，饰高堂些⑲。红壁沙版⑳，玄玉梁些㉑。仰观刻桷㉒，画龙蛇些。坐堂伏槛，临曲池些㉓。芙蓉始发，杂芰荷些㉔。紫茎屏风㉕，文缘波些㉖。文异豹

---

⑩ 翡翠：翡翠鸟羽织成的被子。珠被：缀有珠玉的被褥。⑪ 烂：灿烂。齐光：一齐发光。⑫ 蒻(ruò)阿：柔软的丝织物，此句言以蒻阿挂在墙上作帷幔。⑬ 罗帱(chǒu)：罗帐。张：张挂。⑭ 纂：红色的丝带。组：杂色的丝带。绮(qǐ)：采色。缟(gǎo)：素色。⑮ 结：缀结。琦璜：美玉。以上两句言，帷幔和罗帐上，装饰着彩带和美玉。⑯ 观：观赏的器物。⑰ 珍怪：珍奇怪异。⑱ 兰膏：香油。⑲ 华容：指美人。以上二句言，美貌的姑娘在烛光下等候。⑩ 二八：排成两列，八人一组的美女。侍宿：陪伴宿夜。⑩ 射：厌倦。递代：轮流更替。⑩ 九侯：各国诸侯。淑女，指由各国诸侯送来的美女。⑩ 迅众：往来众多貌。⑩ 鬋(jiǎn)：下垂的鬓发；盛鬋，鬓发浓密。制：发式。⑩ 实满：充塞。⑩ 容态：容貌姿态。好比：美丽得不相上下。⑩ 顺：依序。弥代：久则相替代。⑩ 弱颜：形貌柔弱。固植：内心坚贞。⑩ 謇(jiǎn)：沉默不语。有意：含情脉脉。⑩ 姱(kuā)容：好容貌。修态：修美的气质。⑪ 絙：同“亘”，绵延。洞房：卧室。此句意为侍女在洞房里来去不绝。⑫ 曼睩(lù)：柔婉地转动的眼珠。⑬ 腾光：射出光采。⑭ 靡颜：柔嫩的面孔。腻理：细腻的肌肤。⑮ 遗视：送过来的目光。矊(mián)：含情貌。⑯ 离榭：别墅，离宫。修幕：宽敞的帐篷。⑰ 闲：闲暇。以上两句言，即使到离宫居住或外出狩猎的闲暇，美女都陪侍在身旁。⑱ 翡帷翠帐：鸟羽装饰的帷幕。⑲ 高堂：高大的厅堂。⑳ 红壁沙版：用朱砂涂饰的墙壁与木板。㉑ 玄玉梁：黑玉装饰的屋梁。㉒ 刻桷(jué)：刻有图案的方椽。㉓ 坐堂：在厅堂内休憩。伏槛：伏在栏杆上。曲池：流水和池塘。㉔ 芰(jì)荷：菱叶及荷叶。㉕ 紫茎：茎叶呈紫色。屏风：水草名，即荇(xìng)菜。㉖ 文：屏风叶片上的纹采。缘波：因为水波而生成。以上四句言，池中长着菱荷与屏风，屏风紫色的茎叶在水波中漾出光采。

饰[127]，侍陂陁些[128]。轩辌既低[129]，步骑罗些[130]。兰薄户树[131]，琼木篱些[132]。魂兮归来，何远为些[133]！

室家遂宗[134]，食多方些[135]。稻粢穱麦[136]，挐黄粱些[137]。大苦咸酸，辛甘行些[138]。肥牛之腱[139]，臑若芳些[140]。和酸若苦[141]，陈吴羹些[142]。胹鳖炮羔[143]，有柘浆些[144]。鹄酸臇凫[145]，煎鸿鸧些[146]。露鸡臛蠵[147]，厉而不爽些[148]。粔籹蜜饵[149]，有餦餭些[151]。瑶浆蜜勺[152]，实羽觞些[153]。挫糟冻饮[100]，酎清凉些[154]。华酌既陈[155]，有琼浆些[156]。归来

---

[127] 文异：衣上的文采颜色不同。豹饰：以虎豹皮为饰。[128] 侍：侍卫。陂陁(tuó)：高低不平的山坡。以上两句言，身披虎豹皮的武士，侍卫在远近的山坡上。[129] 轩：有篷的车。辌(liáng)：可卧息的车。低：同“抵”，到达。[130] 步骑：步兵和骑卒。罗：罗列成行。以上两句言，乘车出行，所到之处都有武士随从。[131] 兰薄：丛生的兰草。户树：家家都种植。[132] 琼木：玉树。此句言以玉树为篱笆。[133] 何远为：为何要到远方去。[134] 室家：家庭、家族。遂宗：当作祖宗。[135] 食：宗族聚食。多方：多种方法。以上两句言，魂如归来，家族成员都将以你为祖宗，用丰盛的食品来供养你。以下各句即言招魂时供献的食品。[136] 粢(zī)：粟米。穱(zhuō)：早熟的麦子。[137] 挐(rú)：杂糅。黄粱：黄小米，味香美。[138] 辛：辣。甘：甜。行：运用。以上两句言，做菜时苦、咸、酸、辣、甜五味调合。[139] 腱(jiàn)：牛蹄筋。[140] 臑(ér)：煮烂。若：和。芳：香。[141] 和(huò)：调和。[142] 陈：献上。吴羹(gēng)：吴地用肉、菜煮成的汤。[143] 胹(ér)鳖：煮烂的鳖鱼。炮(páo)羔：烤小羊肉。[144] 柘(zhè)浆：甘蔗汁。[145] 鹄(hú)：天鹅肉。臇(juǎn)凫(fú)：带浓汁的鸭肉。[146] 鸿：野雁。鸧(cāng)：鸧鹤。以上两句言，又献上煮过的天鹅和野鸭肉，煎过的野雁和鸧鹤肉。[147] 露鸡：带卤汁的鸡肉。臛(huò)蠵(xī)：龟肉做成的羹。[148] 厉：味浓烈。不爽：不差。以上两句言，用鸡肉和龟肉作成的羹，味浓而鲜美。[149] 粔(jù)籹(nǚ)：甜饼，用蜜糖和面油煎成。蜜饵：掺蜜的糕。[150] 餦(zhāng)餭(huáng)：米面制成的麻花状点心。[151] 琼浆：玉色的美酒。蜜勺：舀酒时加蜜。[152] 实：倒满。羽觞(shāng)：饮酒用的雀形耳杯。[153] 挫糟：榨糟取酒。冻酒：饮冷酒。[154] 酎(zhòu)：醇酒。以上两句言，榨糟取酒，不烫而饮，酒味醇和清凉。[155] 华酌：华宴。既陈：已经准备好。[156] 以上言酒席之丰盛。

反故室，敬而无妨些[157]。肴羞未通[158]，女乐罗些[159]。陈钟按鼓[160]，造新歌些[161]。《涉江》、《采菱》[162]，发《扬荷》些[163]。美人既醉，朱颜酡些[164]。娭光眇视[165]，目曾波些[166]。被文服纤[167]，丽而不奇些[168]。长发曼鬋[169]，艳陆离些[170]。二八齐容[171]，起郑舞些[172]。衽若交竿[173]，抚案下些[174]。竽瑟狂会[175]，搷鸣鼓些[176]。宫庭震惊，发《激楚》些[177]。吴歈蔡讴[178]，奏大吕些[179]。士女杂坐[180]，乱而不分些。放陈组缨[181]，班其相纷些[182]。郑卫妖玩[183]，来杂陈些[184]。《激楚》之结[185]，独秀先些[186]。菎蔽象棋[187]，有六簙些[188]。分

---

[157] 敬：受尊敬。无妨：无害。以上两句再劝离魂归来，接受供养。[158] 肴(yáo)：肉。羞：美味食物。通：撤去。[159] 女乐：表演歌舞的女乐队。以上两句言，酒菜还未撤去，乐队已排开表演。以下各句言招魂时歌舞的场面。[160] 陈钟：陈设编钟。按鼓：按节奏击鼓。[161] 造：表演。[162]《涉江》、《采菱》：楚地乐歌名。[163] 发：合唱。《扬荷》：指"阳阿"，楚曲名。以上四句言，乐队陈列好钟鼓，唱起"涉江"、"采菱"、"阳阿"等歌曲。[164] 酡(tuó)：醉容。[165] 娭光：一作"嬉光"，嬉笑的眼光。眇(miǎo)视：眯眼看人。[166] 曾：增添。波：眼波。以上四句言，美女喝酒后跳舞唱歌，脸上带着醉颜，眼中流动着波光。[167] 被：通"披"。文：文采。服：穿。纤：轻软的丝织衣裙。[168] 奇：奇异。以上两句言，美女披着彩衣，穿着薄裙。[169] 曼鬋：长鬓发。[170] 陆离：上下摆动。以上两句言，美女留着长长的头发和鬓发，上下飘拂，十分娇媚。[171] 齐容：整齐的容貌。[172] 起：跳起。郑舞：郑国流行的舞蹈。[173] 衽(rèn)：衣襟。交竿：衣衽摆动钩连，犹如竹竿相交。[174] 抚案：扶着几案。下：退场。[175] 竽(yú)：吹奏乐器。瑟(sè)：弹拨乐器。狂会：热烈地合奏。[176] 搷(tián)鸣：急促地击打鼓声。[177]《激楚》：激越的楚乐。一说，"激楚"为楚乐名。[178] 吴歈(yú)：吴地的乐歌。蔡讴(ōu)：蔡地的乐歌。[179] 大吕：古乐"十二律"之一，音调高昂。[180] 士女：男士与女客。[181] 放陈：随意放置。组缨：丝带和帽带，指佩饰和冠帽。[182] 班：班次，指原先规定的座次。相纷：混乱不分。以上四句形容男女宾客尽情欢乐的情形。[183] 郑卫：郑国和卫国。妖玩：新奇的玩物。如杂耍戏法等。[184] 杂陈：穿插表演。[185] 结：结束时的合唱。[186] 独秀先：特别优秀突出。[187] 菎(kūn)：通"琨"，美玉。蔽：博戏用的筹码。菎蔽，指玉制的筹码。象棋：象牙制成的棋子。[188] 六簙(bó)：古代游戏，用六根筹、十二枚棋子，两人对局。以下各句言招魂时的游戏。

曹并进[189]，遒相迫些[190]。成枭而牟[191]，呼五白些[192]。晋制犀比[193]，费白日些[194]。铿钟摇簴[195]，揳梓瑟些[196]。娱酒不废[197]，沉日夜些[198]。兰膏明烛，华镫错些[199]。结撰至思[200]，兰芳假些[201]。人有所极[202]，同心赋些[203]。酎饮尽欢，乐先故些[204]。魂兮归来，反故居些。

乱曰：献岁发春兮[205]，汩吾南征[206]。菉蘋齐叶兮[207]，白芷生。路贯庐江兮[208]，左长薄[209]。倚沼畦瀛兮[210]，遥望博[211]。青骊结驷兮[212]，齐千乘[213]。悬火延起兮[214]，玄颜烝[215]。步及骤处兮[216]，诱骋先[217]。抑骛若通

---

⑱⑨ 分曹：对手。并进：互相进攻。⑲⓪ 遒(qiú)：使劲。相迫：互相逼迫。以上两句言，两人对局，运子进攻，互相紧逼。⑲① 枭(xiāo)、牟(móu)：都是博戏时术语。⑲② 呼：吆喝。五白：掷骰(tóu)子时得到五个白子的好结果。⑲③ 晋制：晋地所产。犀比：犀牛角制成的带钩。⑲④ 费：耗费。白日：光阴。以上两句言，用名贵的犀角带钩作赌注，玩得忘记了时光。⑲⑤ 铿钟：撞击大钟。摇簴(jù)：摇动挂钟的木架。⑲⑥ 揳(jiá)：弹奏。梓瑟：梓木制作的瑟。⑲⑦ 娱酒：喝酒取乐。不废：不停止。以上四句言，一面博戏，一面又奏乐喝酒。⑲⑧ 沉：沉湎。⑲⑨ 华镫(dēng)华美的灯具，用青铜制作。错：错杂陈列。⑳⓪ 结撰：构思写作，作宴会上赋诗的准备。至思：用尽心思。⑳① 兰芳：喻优美的词藻。假：假借。以上四句言，借着华美的煤烛光，精心构思，准备赋诗，用了不少优美的词藻。⑳② 极：至，指共同的感受。⑳③ 同心：齐心。赋：朗诵诗歌。以上两句言，彼此有相同的感受，就一齐赋诗，互相倡和。⑳④ 酎饮：献酒畅饮。先故：故去的祖先，指亡魂。以上两句言，畅饮美酒，尽情欢乐，使祖先的灵魂得到安乐。⑳⑤ 献岁：送走旧岁。发春：迎来新春。⑳⑥ 汩(yù)：水急流貌。吾：屈原自称。⑳⑦ 菉蘋(pín)：绿蘋，水生植物名。齐叶：对生的绿叶。⑳⑧ 路贯：经过、穿过。庐江：水名，所在不详。一说即安徽青弋江。⑳⑨ 左：庐江左岸。长薄：长着丛林。㉑⓪ 倚沼：沿着沼泽边行走。畦(qí)瀛(yíng)：大湖被陆地分隔成一片片水域。㉑① 博：广阔。以上四句言，在庐江左岸登陆，穿过丛林，沿着沼泽边的道路行走，远望湖水被陆地分成一片片水域，气象辽阔。㉑② 青：青色的马。骊：黑色的马。结驷：组成四匹马拉车。㉑③ 千乘(shèng)：一千辆车，古人称四马为乘。以上两句言，组成一千辆整齐的车队。㉑④ 悬火：火把。延起：火势蔓延，指在野外焚烧草木，围捕野兽。㉑⑤ 玄颜：黑色的天空。烝(zhēng)：火焰上升。以上两句言，众车的火把一同点燃，使天空升腾起一片火光。㉑⑥ 步及：徒步赶上。骤处：车马奔驰所经地方。㉑⑦ 诱：向导。骋：驰骋。先：上前。以上两句言，徒步的猎手紧随车骑，向导则跑在车队的最前面。

兮[218]，引车右还[219]。与王趋梦兮[220]，课后先[221]。君王亲发兮[222]，惮青兕[223]。朱明承夜兮[224]，时不可以淹[225]。皋兰被径兮[226]，斯路渐[227]。湛湛江水兮[228]，上有枫[229]。目极千里兮[230]，伤春心[231]。魂兮归来，哀江南[232]！

㉘ 抑骛：控制住飞奔的马车。若通：顺畅。[219] 引车：引导着马车。右还：右转弯迂回。以上两句言，打猎的队伍进退自如，指挥有节。[220] 王：楚王。趋梦：前往云梦泽，云梦泽为古代分跨今湖北境内大江南北的大湖。[221] 课：比试。[222] 亲发：亲自射箭。[223] 惮（dàn）："殚"借字，指被射中的野兽立即死去。青兕（sì）：青色的犀牛。以上写楚王率众出猎场面，怀念楚怀王的亡魂。[224] 朱明：黎明日出。承夜，指白天承接黑夜。[225] 淹：滞留。以上两句言，白天连接着黑夜，时光无法挽留。[226] 皋兰：水边丛生的兰草。被径：覆盖道路。[227] 斯路：这条路。渐：没入水中。以上两句言，这条覆盖兰草的道路，消失在河畔。[228] 湛（zhàn）湛：水深貌。[229] 上：岸上。[230] 目极：极目，放眼。[231] 伤春：面对春色而感伤。以上两句言，诗人放眼原野，面对春光明媚，为楚王的亡魂和楚国的命运痛心。[232] 哀江南：在江南深深地悲哀。以上两句为结句，诗人再次为楚王招魂，但自知无望，不由陷入深深的悲哀中。

（吴　格）

刘邦（前256—前195） 字季。沛县丰邑（今江苏丰县）人。初为泗上亭长。秦二世元年（前209）起兵，称沛公。子婴元年（前207）进入关中，被项羽封为汉王。后来击败项羽，统一天下，建立汉王朝，称为高祖。今有《大风歌》、《鸿鹄歌》流传。

大　风　歌①

【题解】

高祖十二年（前195）十月，刘邦平定了淮南王英布的叛乱，在西归长安途中，顺道回到故乡沛县。他邀集乡里故老子弟饮酒，并挑选了一百二十名青少年，教他们唱歌。刘邦亲自击筑，高唱《大风歌》，令青少年群相应和。接着起舞，慷慨伤怀，老泪纵横。这首歌既表现了刘邦对故乡的留恋，以及衣锦还乡时踌躇满志的心态，又流露出居安思危，担心没有“猛士”帮他守业的忧虑。刘邦歌《大风歌》的地方，后来筑了“歌风台”，成为后世文人吊古伤今的胜迹，传下了大量《歌风台诗》，由此可见刘邦此诗影响的深远。这首诗汉时称为《三侯之章》，《艺文类聚》收入此诗，才改称《大风歌》。

大风起兮云飞扬②，威加海内兮归故乡③，安得猛士兮守四方！

---

① 本诗选自《史记》卷八《高祖本纪》。② “大风”句：此句以风云变幻来比喻秦汉之际激烈复杂的政治、军事斗争。③ 海内：四海之内，就是“天下”的意思。我国古人认为天下是一片大陆，四周大海环绕，海外则荒远不可知。

（马美信）

项籍（前232—202） 字羽，又字子羽。下相（今江苏宿迁市西）人。秦末起义群雄之一。灭秦后，自立为西楚霸王。汉王刘邦和他争天下，屡次被他击败。最后垓下（在今安徽灵璧县东南）一战，楚军瓦解，项籍败走乌江，自刎而死。

垓　下　歌①

【题解】

公元前202年，项羽被刘邦的大军围困在垓下，夜里听到刘邦的军队在四面唱楚歌，惊异刘军中楚人之多，心疑自己的根据地楚国已为刘邦所占据，预感到灭亡在即。他在军营中喝着酒，悲壮慷慨地唱着自己创作的这首歌。这首歌表现了对人生的深沉悲慨和对爱的执着，作者把炽烈的感情浓缩在短小的形式之中，具有强烈的震撼人心的力量。

力拔山兮气盖世②，时不利兮骓不逝③。骓不逝兮可奈何，虞兮虞兮奈若何④？

---

① 本诗选自《史记》卷七《项羽本纪》，诗题名是后加的。日本流传的《史记》中多一句，为："力拔山兮气盖世，时不利兮威势废。威势废兮骓不逝，骓不逝兮可奈何，虞兮虞兮奈若何？" ② 气：指人的先天禀赋。古人认为：人的品质、智慧、风度等全由"气"所决定。盖世：压倒一世，没有人比得过。③ 时：时机、天时。骓（zhuī）：毛色青白相杂的马。此指项羽骑的马。逝：行。这句的意思是：虽然自己是举世无双的英雄，但是天时不利，经常骑着出战的骏马也不肯向前走了。④ 虞：女子名，项羽的侍姬。奈若何：把你怎么办呢？

（马美信）

刘彻（前156—前87） 汉景帝子。4岁立为胶东王，7岁为皇太子。16岁即位，在位54年，死后谥为武帝。刘彻在文治和武功两方面都有重要的建树，使汉朝成为强盛的帝国。他建立乐府，采集民歌，对乐府诗的发展起了很大的作用。他本人能歌善赋，现有歌诗6篇传世。

秋　风　辞[①]

【题解】

西汉元鼎四年（前113）秋天，刘彻到汾阴（今山西万荣县附近）祭祀后土之神，在舟中和群臣宴饮时有所感而作此诗。这是一篇感秋怀人、慨叹人生易老的作品，作者继承了《楚辞》托物起兴、绘景写情的手法，细腻深沉地表达了自己迷恋帝王奢华生活，哀叹人生短促的复杂情思。

秋风起兮白云飞，草木黄落兮雁南归。兰有秀兮菊有芳[②]，怀佳人兮不能忘[③]。泛楼船兮济汾河[④]，横中流兮扬素波。箫鼓鸣兮发棹歌[⑤]，欢乐极兮哀情多，少壮几时兮奈老何。

---

① 本诗选自四部丛刊影印胡刻《昭明文选》卷四十五。② 兰、菊：比喻佳人。秀：抽苞开花。芳：指香气。“兰有秀”、“菊有芳”互文见义，兰也有香气，菊也开花。③ 佳人：美好的人。常指所思念的人。④ 楼船：有楼的大船。济：渡。汾河：源出山西省宁武县管涔山，往西南流到河津县入黄河。⑤ 棹（zhào）：摇船的工具。棹歌：摇船时唱的歌。

（马美信）

梁鸿（生卒年不详） 东汉诗人。字伯鸾，扶风平陵（今陕西省咸阳市西北）人。家贫，好学。曾为人佣工，又曾和妻孟光耕织于霸陵山中。后改姓运期，改名耀，字侯光，隐居于齐鲁，著书立说。再南下吴郡（今江苏苏州市），依皋伯通，为人佣工舂米，不久病死。有集2卷，著作10多篇，今佚。

五噫歌①

【题解】

“五噫歌”，以诗中有五个噫字，故称。这首诗是一篇揭露帝王宫阙之宏伟、生活之奢侈，慨叹人民生活的辛劳、苦难无穷无尽的现实主义诗作。诗人路过洛阳，目睹帝京的富丽，感事伤时，发而为诗。本诗情感深厚，风格沉郁苍凉，每句着一“噫”字，传达出诗人强烈的愤慨之情。诗歌语言精炼，结构谨严，篇章完整，中心突出，具有较深刻的现实性和较强的艺术感染力。

陟步北芒兮，噫②！顾览帝京兮，噫！宫室崔巍兮，噫！民之劬劳兮③，噫！辽辽未央兮④，噫！

---

① 本诗选自《后汉书·梁鸿传》。② 陟：登，上。北芒，一作北邙，山名，在洛阳城北。东汉及北魏的王侯公卿多葬于此。又称芒山或北山。噫：叹词。③ 劬（qú）：劳苦，劳累。④ 辽辽：深远貌。未央：无止境。末句说人民的劳苦是没有限度和没有期限。

（汪树清）

张衡（78—139） 东汉文学家、科学家。字平子，南阳西鄂（今河南南阳北）人。永平中举孝廉。安帝时为太史令。顺帝时迁侍中，永和初出为河间相，后征拜尚书。张衡精于天文历算，反对当时对于图谶的迷信，创造了世界上最早的浑天仪和地动仪。著作有《张河间集》，其中《二京赋》、《思玄赋》、《归田赋》、《四愁诗》等较为著名。

四　愁　诗[①]

【题解】

这是一首写怀人而愁思的诗，寄托了作者伤时忧世的感情。《文选》选录此诗，前面有一篇短序，大意说张衡任河间相时，郁郁不得志，于是仿效屈原作《四愁歌》。这篇序言虽是后人所加，说法还是可信的。这首诗把作者追求的明君、贤人比作美人，用各种各样的珍宝象征仁义，以山高、水深、路远、雪飞等恶劣的自然环境比喻为非作歹的小人，表现了遗世独立的“我”苦苦追求美人而不可得的忧思和痛苦。全诗分四章，每章结构和句法完全相同，通过回环往复的吟咏，加强了诗歌感情的深度和力度。这在《诗经》中是常见的。这首诗既脱胎于楚辞，又借鉴了《诗经》的表现形式，同时还体现出汉代特有的古拙浑厚的特点，因而成为中国诗歌史上的名篇。

我所思兮在太山[②]，欲往从之梁父艰[③]。侧身东望涕沾翰[④]。美

① 本诗选自四部丛刊影印胡刻本《昭明文选》卷二十九。② 太山：指泰山，五岳之一，在今山东省泰安市境内。③ 梁父：泰山下小山名。④ 翰：衣襟。

人赠我金错刀[5]，何以报之英琼瑶[6]。路远莫致倚逍遥[7]，何为怀忧心烦劳？

我所思兮在桂林[8]，欲往从之湘水深[9]。侧身南望涕沾襟。美人赠我琴琅玕[10]，何以报之双玉盘。路远莫致倚惆怅，何为怀忧心烦怏？

我所思兮在汉阳[11]，欲往从之陇阪长[12]。侧身西望涕沾裳。美人赠我貂襜褕[13]，何以报之明月珠。路远莫致倚踟蹰[14]，何为怀忧心烦纡[15]？

我所思兮在雁门[16]，欲往从之雪雰雰[17]。侧身北望涕沾巾。美人赠我锦绣段[18]，何以报之青玉案[19]。路远莫致倚增叹[20]，何为怀忧心烦惋[21]？

---

⑤ 错：镀金。金错刀，刀环或刀柄镀金的佩刀。⑥ 英：似玉的美石。琼瑶：两种美玉。⑦ 致：送达。倚：通“猗”，语助词。逍遥：傍徨。⑧ 桂林：汉郡名，郡治即今广西桂林市。⑨ 湘水：发源于广西兴安县阳海山，往东北流入湖南省，经长沙入洞庭湖。⑩ 琅玕：似玉的美石。琴琅玕：用琅玕装饰的琴。⑪ 汉阳：后汉郡名（前汉叫天水郡），郡治在今甘肃甘谷县南。⑫ 陇阪：地名。山坡叫阪。陇阪是陇山的大阪，在天水郡。⑬ 貂襜(chān)褕(yú)：襜褕原指直襟的单衣，此处指用貂皮做的直襟袍子。⑭ 踟蹰：徘徊不前的样子。⑮ 纡：纡曲，这里指心情纷乱。⑯ 雁门：汉郡名，在今山西省西北部。⑰ 雰雰：纷纷，形容雪多。⑱ 锦绣段：指成匹的锦绣。⑲ 案：放食品的小几，没有脚的叫盘，有脚的叫案。⑳ 增叹：一再叹息。㉑ 惋：怨。

（马美信）

朱穆（100—165） 东汉诗人。字公叔。南阳宛（今河南南阳）人。少时笃学有名。桓帝时为冀州刺史，后拜尚书。朱穆性情刚直，反对宦官专权。曾作《崇厚论》和《绝交论》。有集2卷。

与刘伯宗绝交诗[①]

【题解】

据《后汉书·朱晖传》，刘伯宗是个势利小人，且在母丧期间不守孝道。作者品性正直敦厚，在任职期间，刘曾巴结讨好作者，而当刘得势成为作者的上级时，却怠慢作者。作者气愤之极，遂作绝交诗，把刘比作贪婪凶恶龌龊的鸱、饕餮，把自己喻为有才华品德的凤，鸱、凤岂能共处，于是，作者义无反顾，干脆利索地和刘绝交。诗歌在创作方法上明显地受到《诗经》中常用的比喻手法的影响。

北山有鸱[②]，不洁其翼。飞不正向，寝不定息。饥则木览[③]，饱则泥伏。饕餮贪汙[④]，臭腐是食。填肠满膆[⑤]，嗜欲无极。长鸣呼凤，谓

---

① 本诗选自逯钦立辑校《先秦汉魏晋南北朝诗》汉诗卷六。② 鸱（chī）：鸱鸮，即猫头鹰。诗中喻作刘伯宗。③ 览：通“揽”，聚敛、撮取的意思。木览，言登木捉取幼鸟，鸱鸮是捕食小鸟的。④ 饕餮（tāo tiè）：为古代钟鼎彝器上的图案，作狰狞凶恶之猛兽状，后用以比喻凶恶贪婪的人。⑤ 膆（sù）：又作嗉，鸟类喉咙中容纳食物的皮囊。

凤无德[6]。凤之所趋，与子异域。永从此决，各自努力。

---

⑥ 这二句是说：像刘伯宗这样的卑劣小人，还大言不惭地指责中伤正直的人。作者以凤自喻，典出《论语·微子》："凤兮凤兮，何德之衰。"

（马美信）

秦嘉（生卒年不详） 东汉诗人。字士会，陇西（今甘肃东南）人。桓帝时为郡上计吏。入洛阳，任黄门郎。病卒于津乡亭。今存文2篇及诗5首。

赠 妇 诗①

【题解】

这是一组留别妻子的诗，描写了作者离家远行时内心的忧伤和对妻子的眷恋之情。汉代郡国每年派遣吏员到京城送簿记，称为上计。秦嘉作为郡上计吏，奉命前往京师洛阳。当时他的妻子因生病住在娘家，不能当面话别，于是作诗留别。秦嘉妻徐淑读到此诗后，曾作答诗一首，现收录于逯钦立辑校《先秦汉魏晋南北朝诗》。本篇是其中第一首，写自己奉役离乡，派车去接妻子回家，车子却空着回来了，只能独自伤感，无人慰解。

人生譬朝露，居世多屯蹇②。忧艰常早至，欢会常苦晚。念当奉时役③，去尔日遥远。遣车迎子还，空往复空返。省书④情凄怆，临食不能饭。独坐空房中，谁与相劝勉？长夜不能眠，伏枕独辗转⑤。忧来如寻环⑥，匪席不可卷⑦。

---

① 本诗选自寒山赵氏仿宋本《玉台新咏》卷一。② 屯蹇（jiǎn）：艰难，不顺利。③ 时：通“是”，此，这个。④ 省书：看了妻子的书信。⑤ 辗转：形容心有所思，卧不安席的样子。⑥ 寻环：同“循环”，比喻愁思无穷无尽。⑦“匪席”句：此句借用《诗经·柏舟》句：“我心匪席，不可卷也”，以席能卷起反喻愁思不能收拾。匪：通“非”。

其　二

【题解】

本篇是《赠妇诗》的第二首，回顾自己和妻子以往含辛茹苦、颠沛流离的艰难岁月。现在又当远别，顾恋难舍，触景伤情，心中忧思难解。

皇灵无私亲①，为善荷天禄②。伤我与尔身，少小罹茕独③。既得结大义④，欢乐苦不足。念当远离别，思念叙款曲⑤。河广无舟梁⑥，道近隔丘陆⑦。临终怀惆怅，中驾正踯躅⑧。浮云起高山，悲风激深谷。良马不回鞍，轻车不转毂⑨。针药可屡进，愁思难为数⑩。贞士笃终始⑪，恩义不可属⑫。

---

① 皇灵：神灵。② 荷天禄：指蒙受天赐之福。③ 茕（qióng）独：孤独。④ 结大义：指结为夫妇。⑤ 款曲：衷情，殷勤的心意。⑥ 梁：桥梁。此句反用《诗·卫风》"谁谓河广，一苇杭之"之句，言大河阻隔，无法相见。⑦ 陆：大土山。⑧ 中驾：车在路中。踯躅：徘徊不进。⑨ 毂（gǔ）：车轮中心的圆木，周围与车辐的一端相接，中有圆孔，用以插轴。这里用作车轮的代称。⑩ 数（shuò）：屡次，频繁。⑪ 贞士：指言行一贯、守志不移的人。笃：诚笃、忠实。⑫ 属：连续。

其　三

【题解】

本篇是《赠妇诗》的第三首，写临行之际，环顾空房，想象妻子的容态，满怀惆怅，只能留赠几件东西，表达自己的情意。

肃肃仆夫征[①]，锵锵扬和铃[②]。清晨当引迈[③]，束带待鸡鸣。顾看空室中，仿佛想姿形。一别怀万恨，起坐为不宁。何用叙我心？遗思致款诚[④]。宝钗好耀首，明镜可鉴形。芳香去垢秽，素琴有清声[⑤]。诗人感木瓜，乃欲答瑶琼。愧彼赠我厚，惭此往物轻[⑥]。虽知未足报，贵用叙我情。

---

① 肃肃：迅疾。仆夫：赶车的人。征：行。② 锵锵：铃声。和铃：车前横木上的铃。③ 引迈：启行。④ 款诚：同款曲，见前注。⑤ 秦嘉在《重报妻书》中说：送给你价值千金的宝钗，戴在头上使你更光彩；送给你明镜，可以使你顾盼自己的容貌；送给你四种好香各一斤，可以去除秽气，使你更加芬芳；送你一张素琴，可以弹出悦耳的音乐。鉴：映照。素琴：不加装饰的琴。⑥ 这四句借用《诗经·木瓜》的诗意，说对方待我情义极厚，我赠送的东西不能相称，有愧于古人用美玉报答木瓜的精神。

（马美信）

赵壹(生卒年不详) 东汉名士、文学家。字元叔,汉阳西县(今甘肃天水西南)人。光和初举郡上计。十辟公府,皆不就。恃才傲物,曾多次遭诬陷而几于死。

秦客诗[①]

【题解】

赵壹身处东汉末年,为人刚正不阿,面对当时官场腐败、贤恶不分的黑暗现实,他写了《刺世疾邪赋》来抒发内心的激愤。此诗即见于《刺世疾邪赋》,托为"秦客"所歌,揭露社会的不平,指斥小人窃据高位,刚正的人不容于时,感情强烈,一泻如注。

河清不可俟,人命不可延[②]。顺风激靡草,富贵者称贤[③]。文籍虽满腹,不如一囊钱。伊优北堂上[④],抗脏倚门边[⑤]。

---

① 本诗选自中华书局1983年版逯钦立辑校《先秦汉魏晋南北朝诗》汉诗卷六。② 河:黄河。此二句言人寿有限,不能等到黄河水清,意为混乱的社会不能澄清。③ 靡:顺风倒下。此二句意为人们随口附和,称赞富贵者为贤人。④ 伊优:逢迎谄媚的样子。⑤ 抗脏:刚正。

(马美信)

孔融（153—208） 东汉末名士。字文举，鲁国（今山东曲阜）人。历任北海相、少府、大中大夫等职。建安七子之一。为人刚直，放言无忌，因屡次触犯曹操而遭杀害。他的散文语言劲健，议论尖锐，表现出鲜明的个性。诗歌仅存7篇，也表现出慷慨激昂的情意。著作有《孔北海集》。

六　言　诗[①]

【题解】

东汉末年，曹操、曹丕父子周围聚集了一批文人名士，最享盛名的是“建安七子”。他们写了不少公宴诗和赠答诗，大部分抒写君臣相得之情，赞美曹氏父子的功德。当时曹操辑安中原，统一了黄河流域，也是值得人们称颂的，即使是屡次违忤曹操而被杀害的孔融，在他的《六言诗》中，也由衷地赞扬曹操忧国无私，德业巍巍，尤其是“梦想曹公归来”一语，十分突出地表达了一代枭雄曹操，是多么为时局所需要。《六言诗》共有3首，这里选的是其中第二首。

郭李分争为非[②]，迁都长安思归[③]。瞻望关东可哀[④]，梦想曹公归来。

---

① 本诗选自中华书局1983年版逯钦立辑校《先秦汉魏晋南北朝诗》汉诗卷七。② 郭李：指郭汜、李傕。两人是董卓部下校尉。董卓被王允、吕布杀死，郭李合兵围长安，杀王允。后两人互相猜疑，在长安火并，并劫持献帝出走。分争：同“纷争”。③ 迁都：东汉原建都洛阳，公元一九〇年董卓焚烧洛阳，强迫君臣百姓西迁长安。李傕、郭汜乱长安后，献帝复迁都洛阳。④ 关东：汉都长安，称函谷关或潼关以东的地区为关东。东汉末，董卓擅权，曹操与袁绍、孙坚、公孙瓒等人招集义军反抗董卓，形成群雄割据的局面。

（马美信）

杂诗[1]

【题解】

诗以“杂诗”命题，最初见于《文选》所选的汉、魏人诗。原先可能另有题目，后来题目丢失了，选诗的人就称之为《杂诗》。孔融《杂诗》两首见于《古文苑》卷四，据《文选》李善注和《文镜秘府论》，这两首诗亦见于《李陵集》。这是其中的第二首，写悼念幼子夭折的悲伤心情。这首诗不事藻饰，语言质朴顺畅，采用铺述的笔法娓娓道来，明显传承汉代乐府叙事诗的风格。

远送新行客，岁暮乃来归。入门望爱子，妻妾向人悲。闻子不可见，日已潜光辉[2]。“孤坟在西北，常念君来迟。”[3]褰裳上墟丘[4]，但见蒿与薇。白骨归黄泉[5]，肌体乘尘飞。生时不识父，死后知我谁？孤魂游穷暮[6]，飘飖安所依？人生图嗣息[7]，尔死我念追。俛仰内伤心，不觉泪沾衣。人生自有命，但恨生日希[8]。

---

① 本诗选自明刻汉魏六朝百三名家集本《孔少府集》② “日已”句：以日光之没比喻幼儿之死。③ “孤坟”两句：这是妻妾对作者说的话。④ 褰(qiān)裳：提起衣服和下摆。墟丘：坟墓。⑤ 黄泉：指人死后埋葬的地穴，亦指阴间。⑥ 穷暮：长夜，指地下。⑦ 嗣息：养儿接代。⑧ 希：同“稀”，少的意思。

（马美信）

辛延年 东汉诗人，身世不详。

羽　林　郎[1]

【题解】

羽林是皇家的禁卫军，羽林郎是禁卫军中的官名。本诗内容与羽林郎无关，可能是用乐府旧题描写当时的事情。朱乾《乐府正义》认为此诗可能借历史题材讽刺东汉和帝时外戚窦氏而作。窦宪在当时做大将军，兄弟都很骄横，尤其是其弟执金吾窦景，常常纵容部下强夺民间妇女和财物，百姓都把他们看作虎狼。这首诗以霍光家奴冯子都影射窦氏家奴头子侯海，叙述了一个酒家女勇敢地拒绝豪奴调戏的故事。诗歌采用乐府常用的夸张、铺陈等修辞手法，塑造了纯洁勇敢、不畏强暴的胡姬形象。

昔有霍家奴[2]，姓冯名子都[3]，依倚将军势，调笑酒家胡[4]。胡姬年十五，春日独当垆[5]。长裾连理带[6]，广袖合欢襦[7]。头上蓝田玉[8]，耳后大秦珠[9]。两鬟何窈窕[10]，一世良所无。一鬟五百万，两鬟千万

---

① 本诗选自寒山赵氏仿宋本《玉台新咏》卷一。② 霍家：指霍光家。霍光是西汉昭帝时的大司马大将军。③ 冯子都：名殷，是霍光所宠爱的奴才首领。④ 胡：当时称西北外族为胡，这里是指一个卖酒的外族女子。⑤ 当垆：卖酒。垆是放酒坛子的地方，用土垒成，四边隆起，一面稍高，⑥ 裾：衣的前襟。连理带：两条相连结的带子，用以连结两边的衣襟。⑦ 合欢：一种象征和合欢乐的图案。襦：短袄。⑧ 蓝田：山名，在今陕西省蓝田县东，相传是出美玉的地方。⑨ 大秦：罗马帝国，当时通过西域和中国交通。⑩ 鬟：环形的发髻。窈窕：形容美好。

余⑪。不意金吾子⑫，娉婷过我庐⑬。银鞍何煜爚⑭，翠盖空踟蹰⑮。就我求清酒，丝绳提玉壶。就我求珍肴，金盘脍鲤鱼⑯。贻我青铜镜，结我红罗裾⑰。不惜红罗裂，何论轻贱躯⑱！男儿爱后妇，女子重前夫。人生有新故，贵贱不相逾⑲。多谢金吾子，私爱徒区区⑳。

---

⑪ 这两句形容发髻上首饰的贵重。⑫ 金吾：执金吾，禁卫军官员，负责京城的防务。冯子都是霍氏家奴，并非执金吾。胡姬尊他为金吾子，是一种表示尊敬的泛称，在此有讽刺意义。⑬ 娉(pínɡ)婷(tínɡ)：和颜悦色的样子。⑭ 煜(yū)爚(yuè)：光辉闪烁。⑮ 翠盖：用翠鸟羽毛装饰的车盖。⑯ 脍：把肉切细。⑰"贻我"两句：这两句写冯子都调戏胡姬，送给胡姬一面青铜镜，还要把它系在她的衣襟上。⑱"不惜"两句：这两句写胡姬对冯子都的抗拒，若要赠镜结裾，不惜撕裂红罗衣；若想进一步侵犯身体，将如何对待就不消说了。⑲ 逾：越。这两句表明胡姬拒绝的理由：一是爱情已有所属，二是不愿嫁给贵人。⑳ 徒区区：白白地献殷勤。

（马美信）

宋子侯 东汉诗人，身世不详。

董 娇 饶[①]

【题解】

董娇饶是女子名字，可能也是乐府旧题。这首诗借采桑女与花的对话，感伤女子命不如花，花落还可以重开，而人的盛年一去不返，欢爱也跟着年华永逝。东汉末年，由于社会动乱，军阀混战，人人都感到朝不保夕。人们开始用怀疑的眼光审视身外的事业功名，审视人的生命本身的意义，在怀疑论哲学掩盖下表示出对人的价值的肯定。这首诗正是通过有限的人生与永恒的大自然的矛盾，在悲叹人生短暂的音调中流露出对生命的执着和热爱。

洛阳城东路，桃李生路旁，花花自相对，叶叶自相当。春风东北起，花叶正低昂。不知谁家子，提笼行采桑。纤手折其枝，花落何飘扬。请谢彼姝子[②]，何为见损伤[③]？高秋八九月，白露变为霜。终年会飘堕，安得久馨香[④]？秋时自零落，春月复芬芳。何如盛年去，欢爱永相忘[⑤]。

---

① 本诗选自寒山赵氏仿宋本《玉台新咏》卷一。② 请谢：请问。姝子：漂亮的姑娘。③ 这句是花向采桑女的发问。④ 这四句是采桑女的答辞，说秋天来了，你反正要飘落的，言外之意是现在受点损伤又何足道？⑤ 这四句是花反驳女子的话，说花落了还能重开，你盛年逝去，就不被人喜爱了。

吾欲竟此曲，此曲愁人肠。归来酌美酒，挟瑟上高堂⑥。

---

⑥ 这四句是作者的议论，说盛年欢爱不能再来是使人忧愁的，破愁之法只有及时行乐。

（马美信）

蔡琰（生卒年不详） 东汉末诗人，字文姬，陈留圉（今河南杞县南人）。文学家蔡邕之女。博学多才，精通音律。起初嫁给卫仲道，夫亡无子，回到娘家。东汉末兵乱，被董卓部将抓去，辗转入南匈奴。身陷南匈奴为左贤王妃，十二年生二子。曹操派人将她赎还，重嫁同郡董祀。据《后汉书·董祀妻传》，蔡琰作有《悲愤诗》2首，一为五言，一为骚体。另有《胡笳十八拍》，唐以来都认为是蔡琰所作，实际上是他人伪托。

悲　愤　诗①

【题解】

这首诗是蔡琰离开南匈奴，回到汉朝后痛定思痛，感伤乱离，追怀悲愤而作。这是我国诗歌史上文人创作的第一首自传体五言长篇叙事诗，具有史诗的规模和悲剧气氛。全诗分为三节。第一节揭露了董卓军队疯狂地屠杀和劫掠的野蛮罪行，真实地表现出汉末社会的动乱和人民遭受的苦难，叙述了自己被俘后的悲惨遭遇。第二节表现诗人在边地思念故乡和亲人的痛苦，以及别子归汉时进退两难、矛盾痛苦的心理。第三节写诗人回到家乡，已经没有亲人，面对着田园荒芜、白骨蔽野的景象，心中充满孤独和悲愤。全诗将叙事和抒情紧密地结合起来，通过典型场景的铺叙和细节的描写，真切地表现出诗人的悲愤情感。情节虽不复杂，但安排得详略得当，错落有致，有些场面颇具有戏剧性，人物语言具有个性化的特点。这些都显示出中国叙事诗在艺术上的成熟。

---

① 本诗选自中华书局1983年版逯钦立辑校《先秦汉魏晋南北朝诗》汉诗卷七。

汉季失权柄，董卓乱天常[②]。志欲图篡弑[③]，先害诸贤良。逼迫迁旧邦[④]，拥主以自强。海内兴义师，欲共讨不祥[⑤]。卓众来东下[⑥]，金甲耀日光。平土人脆弱[⑦]，来兵皆胡羌[⑧]。猎野围城邑，所向悉破亡。斩截无孑遗[⑨]，尸骸相撑拒[⑩]。马边悬男头，马后载妇女。长驱西入关[⑪]，迥路险且阻[⑫]。还顾邈冥冥[⑬]，肝脾为烂腐。所略有万计，不得令屯聚。或有骨肉俱，欲言不敢语。失意几微间，辄言"弊降虏[⑭]，要当以亭刃[⑮]，我曹不活汝[⑯]。"岂敢惜性命，不堪其詈骂，或便加棰杖，毒痛参并下[⑰]。旦则号泣行，夜则悲吟坐。欲死不能得，欲生无一可。彼苍者何辜[⑱]，乃遭此戹祸[⑲]

边荒与华异[⑳]，人俗少义理。处所多霜雪，胡风春夏起。翩翩吹我衣，肃肃入我耳[㉑]。感时念父母，哀叹无穷已[㉒]。有客从外来，闻之常欢喜。迎问其消息，辄复非乡里。邂逅徼时愿[㉓]，骨肉来迎己。己

---

② 天常：天之常道。乱天常，即言违天理。③ 篡弑：指臣民杀君夺位。董卓在公元189年废汉少帝刘辩为弘农王，次年杀弘农王。④ 旧邦：指长安。董卓迁都长安事，参见孔融《六言诗》注。⑤ 祥：善。不祥指董卓。⑥ 卓众：指董卓部下李傕、郭汜所带的军队。初平三年(192)李、郭出兵关东，大掠陈留、颍川诸县。蔡琰于此时被掳。⑦ 平土：指中原地区。⑧ 胡羌：据《后汉书》记载，董卓部下多羌、氐族人，李傕军中也杂有羌胡。⑨ 截：断。孑：独。此句说杀得不剩一个。⑩ 相撑拒：互相支拄，形容尸体杂乱地堆积在一起。⑪ 关：指函谷关。秦汉时，以函谷关作为关中和关东地区的分界。⑫ 迥：遥远。⑬ 邈冥冥：渺远迷茫的样子。⑭ 弊降虏：骂人话，犹言"死囚"。弊：同"毙"。⑮ 亭：通"停"，停刃即加刃。⑯ 我曹：我辈，兵士自称。自"弊降虏"至此句，是兵士对被掳者所说的话。⑰ 毒：恨。参：兼。这句说仇恨和痛苦交织在一起。⑱ 苍：苍生，即百姓。这里指被掳掠的群众。⑲ 戹：同"厄"，苦难。⑳ 边荒：边远地区，指南匈奴。㉑ 肃肃：风声。㉒ 无穷已：无穷尽。已：停止。㉓ 邂(xiè)逅(hòu)：突然遇到。徼：侥幸。

得自解免，当复弃儿子。天属缀人心[24]，念别无会期。存亡永乖隔，不忍与之辞。儿前抱我颈，问母“欲何之？人言母当去，岂复有还时？阿母常仁恻，今何更不慈？我尚未成人，奈何不顾思[25]！”见此崩五内[26]，恍惚生狂痴。号泣手抚摩，当发复回疑。兼有同时辈，相送告离别。慕我独得归，哀叫声摧裂。马为立踟蹰，车为不转辙。观者皆歔欷[27]，行路亦呜咽。

去去割情恋，遄征日遐迈[28]。悠悠三千里，何时复交会？念我出腹子，胸臆为摧败。既至家人尽，又复无中外[29]。城郭为山林，庭宇生荆艾。白骨不知谁，从横莫覆盖。出门无人声，豺狼号且吠。茕茕对孤景[30]，怛咤糜肝肺[31]。登高远眺望，魂神忽飞逝。奄若寿命尽[32]，旁人相宽大[33]。为复强视息[34]，虽生何聊赖[35]？托命于新人[36]，竭心自勖厉[37]。流离成鄙贱，常恐复捐废[38]。人生几何时，怀忧终年岁。

㉔ 天属：有血缘关系的亲属。缀：联系。㉕“儿前”至此八句是胡儿对母亲说的话。㉖ 五内：五脏。㉗ 歔欷：悲泣抽噎。㉘ 遄（chuán）征：疾行。日遐迈：一天天走远了。㉙ 中外：犹“中表”。“中”指舅父的子女，为内兄弟；“外”指姑母的子女，为外兄弟。㉚ 景：即“影”。㉛ 怛（dá）：痛苦，悲伤。咤（zhà）：感叹。㉜ 奄：气息微弱的样子。㉝ 此句意为旁人劝她宽心。㉞ 视息：犹言生存。息，呼吸。㉟ 聊赖：依赖，指生活或感情上的凭借。㊱ 新人：指作者重嫁的丈夫董祀。㊲ 勖（xù）厉：勉励。㊳“流离”两句：这两句说自己经过一番流离，成为被人轻视的女人，常常怕被新嫁的丈夫抛弃。捐废：弃置不顾。

（马美信）

汉乐府

战城南[1]

【题解】

这是一首悼念阵亡将士、诅咒战争的诗篇。这首乐府民歌最早见于沈约的《宋书·乐志》，其创作年代大约在西汉时期。全诗分为三部分。第一段从开始到“驽马徘徊鸣”，描绘了战场上尸横遍野的惨烈景象，并通过作者与乌鸦的对话，进一步揭露战争给人民带来的巨大灾难，倾注着作者对死者的同情。第二段从“梁筑室”到“愿为忠臣安可得”，揭示了统治者穷兵黩武给整个社会带来的破坏。人们离开土地征战沙场，土地荒芜了，年成无收，想做个太平百姓而不可得。最后四句是对战死者的悼念，有人说是献给死者的招魂辞。此诗布局严谨，气势雄健，语言质朴浑成，格调激昂悲凉。其深刻的思想内涵和强大的艺术魅力吸引了后世无数的读者，有许多诗人纷纷模拟仿作。

战城南，死郭北[2]，野死不葬乌可食[3]。为我谓乌，且为客豪[4]，

---

① 本诗选自中华书局1983年版逯钦立辑校《先秦汉魏晋南北朝诗》汉诗卷四。② 郭：外城。城南、郭北为互文见意，言城南北都有战争，也都有战死的人。③ 野死：战死野外。乌：乌鸦。④ 我：作者自称。客：指战死者，死者多为转战异乡的人，故称客。豪：同“嚎”，即号哭，古人对于新死者须行招魂的礼，招时且哭且说，即为“嚎”。

野死谅不葬，腐肉安能去子逃⑤。水深激激⑥，蒲苇冥冥⑦，枭骑战斗死⑧，驽马徘徊鸣⑨。梁筑室，何以南，何以北⑩，禾黍不获君何食⑪，愿为忠臣安可得⑫。思子良臣，良臣诚可思⑬。朝行出攻⑭，莫不夜归⑮。

---

⑤ 谅：想必。子：在此指乌鸦。自“为我谓乌”以下的几句意为：替我告诉乌鸦：还是先为这些客死他乡的战士号哭招魂吧！这些人反正已经死在荒野，谅必得不到埋葬，他们的腐烂的尸体还能逃得过你们的口吗？ ⑥ 激激：水清澈貌。⑦ 蒲、苇：均是水草。冥冥：昏暗幽寂貌。⑧ 枭骑：“枭”通“骁”，骁勇的战马。⑨ 驽马：驽钝拙劣的马。⑩ 梁：桥梁。这句意为在桥上构造军事堡垒，叫人们怎么南来北往呢？表示社会秩序的不正常。⑪ 禾黍：泛指谷物。这句意为青壮年都去打仗，稻谷在田野中生长而无人收获，君主无从得食。⑫ 意为在如此混乱的局面下，即使你想为国家出力作忠臣，又怎么能办得到呢？ ⑬ 子：指战死者。良臣：国家的好儿女。这二句意为想到你们这些国家的好儿女，你们确实值得人们思念。⑭ 出攻：出征。⑮ 莫：同“暮”。

（朱　伟　郑逸文）

有　所　思①

【题解】

这是一首情诗。写一个女子听说情人有了“他心”，决心与他断绝关系，把准备送给他的礼物全烧毁了，并发誓不再想念他。然而当她回忆起往日与情人幽会的情景时，决心就动摇了，最后只能自我宽解说：这一切等太阳出来以后再说吧。这首诗把女主人公在爱情遭到挫折后情绪的波动和内心的矛盾，刻画得非常细腻、深刻。诗歌感情强烈激荡，风格泼辣奔放，具有浓郁的民歌风味。

---

① 本诗选自中华书局1983年版逯钦立辑校《先秦汉魏晋南北朝诗》汉诗卷四。

有所思，乃在大海南[2]，何用问遗君[3]，双珠玳瑁簪[4]，用玉绍缭之[5]，闻君有他心[6]，拉杂摧烧之[7]。摧烧之，当风扬其灰。从今以往，勿复相思，相思与君绝。鸡鸣狗吠，兄嫂当知之[8]。妃呼狶[9]，秋风肃肃晨风飔，东方须臾高知之[10]。

---

② 这二句意为有一个我所想念的人，他远在大海的南边。③ 用：即“以”。问遗：赠与。④ 玳瑁(dài mào)：玳瑁，龟类，其甲光滑可制装饰品。簪：古人用以连结发髻和冠的针状饰物，簪身横贯髻上，两端出冠外。⑤ 绍缭：缠绕。⑥ 他心：二心、异心。⑦ 拉杂：折碎。摧烧：折毁焚烧。⑧“鸡鸣”两句：这二句为女子回忆往日与情人幽会，害怕兄嫂发觉的情景。⑨ 妃呼狶：语气词，无意义。⑩ 肃肃：象声词，风声。晨风：鸟名，善于鸣叫。飔：“思”之讹，“晨风飔”言晨风鸟为求偶而鸣叫。高：同“皓”，东方高即东方发白。这二句意为阵阵秋风又传来晨风鸟求偶的鸣声，心绪更加烦乱了，好在天快要亮了，天亮后我就知道怎么办了。

（朱　伟　郑逸文）

上　邪[1]

【题解】

这是一首情诗。诗中的女主人公指天为誓，表示爱情直至地老天荒，永不变心。女子将世上五种不可能发生的事，作为与情人断绝的前提。她的爱情之真挚与强烈，赫然可见。末句一笔收束，有力挽千钧之力。诗在列代爱情诗中以大胆炽烈闻名，明

---

① 本诗选自中华书局1983年版逯钦立辑校《先秦汉魏晋南北朝诗》汉诗卷四。

胡应麟《诗薮》译为“短章中神品”。有人认为，这首诗同《有所思》相连贯，上篇写女子考虑与情人断绝而主意不定，这篇便是打定主意以后的誓言。

上邪②，我欲与君相知③，长命无绝衰④。山无陵⑤，江水为竭，冬雷震震⑥，夏雨雪⑦，天地合，乃敢与君绝。

---

② 上：指天。邪：读作“耶”。即天啊！③ 相知：相亲相爱。④ 命：令、使。此句意为使爱情永不衰绝。⑤ 陵：山峰，这句意为高山夷为平地。⑥ 震震：雷声。⑦ 雨：动词，落的意思。

（朱　伟　郑逸文）

江　　南①

【题解】

这首作品属汉乐府《相和歌辞》，为江南民间采莲的歌谣。《乐府解题》：“《江南》古辞，盖美其芳晨丽景，嬉游得时也。”诗在描写莲叶盛茂的同时，又表达采莲者欢快、轻松的心情，天趣盎然。相和歌，原为两人和唱或一人领唱而众人和唱的歌曲，此诗“鱼戏莲叶东”四句的白描，一说很有可能是当时众人和唱的歌辞，采用古歌谣排比手法，文情恣肆飘忽。

---

① 本诗选自中华书局1983年版逯钦立辑校《先秦汉魏晋南北朝诗》汉诗卷九。

江南可采莲，莲叶何田田②。鱼戏莲叶间，鱼戏莲叶东，鱼戏莲叶西，鱼戏莲叶南，鱼戏莲叶北。

② 田田：茂密繁盛貌。

（郑利华）

陌上桑①

【题解】

这是一首民间故事诗，叙述一个太守调戏采桑女而遭严辞拒绝的故事。据郑樵《通志》称：《陌上桑》本有两首，一首名为《秋胡行》，咏秋胡的故事；一首名为《艳歌罗敷行》，咏罗敷的故事，即本诗。本诗的创作年代，约在东汉。全诗可分为三解（“解”即“章”，是乐歌的段落）。自“日出东南隅”至“但坐观罗敷”为一解，写罗敷之美，极力铺陈夸张；自“使君从南来”至“罗敷自有夫”为二解，写罗敷与使君的问答，现出使君的无耻荒唐；自“东方千余骑”至结束为三解，写罗敷对丈夫极尽夸张赞扬，表现出罗敷的机智聪明。整首诗情节逼真、语言华丽、形象生动。虽经文人修饰加工，仍体现出浓烈的民间歌谣风味。

① 本诗选自中华书局1983年版逯钦立辑校《先秦汉魏晋南北朝诗》汉诗卷九。

日出东南隅，照我秦氏楼②。秦氏有好女③，自名为罗敷④。罗敷喜蚕桑，采桑城南隅。青丝为笼系⑤，桂枝为笼钩。头上倭堕髻⑥，耳中明月珠⑦。湘绮为下裙⑧，紫绮为上襦⑨。行者见罗敷，下担捋髭须⑩。少年见罗敷，脱帽著帩头⑪。耕者忘其犁，锄者忘其锄。来归相怨怒，但坐观罗敷⑫。

使君从南来⑬，五马立踟蹰⑭。使君遣吏往，问是谁家姝⑮。"秦氏有好女，自名为罗敷⑯。""罗敷年几何⑰？""二十尚不足，十五颇有余⑱。""使君谢罗敷，宁可共载不⑲。"罗敷前置辞⑳："使君一何愚㉑。使君自有妇，罗敷自有夫。"

"东方千余骑㉒，夫婿居上头㉓。何用识夫婿，白马从骊驹㉔。青

---

② 隅：角落、方向。我：作诗者的自称。这二句是歌者对于听众的开头语，是民间歌谣的一种风格，用以引起下文。"秦氏有好女"以下方是正文，歌者不再在作品中露面，纯用旁观者的口吻来讲述。③ 好女：指美女。④"罗敷"是汉代美女的通名，"秦"也是诗歌中美女常用的姓。⑤ 青丝：青色的丝绳。笼：篮子。系：指篮上的绳络。⑥ 倭堕髻：髻子歪在头的一边，好像要掉下来一样，又称"堕马髻"，是当时女子时髦的发型。⑦ 明月珠：珠宝名，相传出产于西域。⑧ 湘：杏黄色。绮：有花纹的丝织品。⑨ 襦：短袄。⑩ 下担：放下担子。捋：抚摩。髭：上唇的胡须。须：面颊下的胡子。⑪ 著：戴。帩头：绡头，包头发的纱巾。这句意为少年人见罗敷的美丽，便将帽子脱下，重新整整头巾。⑫ 坐：因为。⑬ 使君：汉代太守、刺史之称。⑭ 五马：五匹马。汉代太守乘坐的马车用五匹马拉。立：停下。⑮ 姝：美丽的女子。⑯ 这二句是吏人向罗敷询问以后答复太守的话。⑰ 这一句是使君又令吏人去问罗敷的话。⑱ 这二句则是吏人询问后回复太守的话。⑲ 谢：问。宁：是否。载：乘车。这二句意为使君命吏人去问罗敷，是否愿意同他一道乘车而去。⑳ 置辞：同"致辞"。㉑ 一何：何其。㉒ 千余骑：泛言丈夫的随从。"千余"是夸张之词。㉓ 居上头：位居前列。㉔ 骊：深黑色的马。驹：二岁的小马，在此言壮实的马。

丝系马尾，黄金络马头。腰中鹿卢剑㉕，可值千万余。十五府小史㉖，二十朝大夫㉗。三十侍中郎㉘，四十专城居㉙。为人洁白皙，鬑鬑颇有须㉚。盈盈公府步㉛，冉冉府中趋。坐中数千人，皆言夫婿殊㉜。”

㉕ 鹿卢：同“辘轳”，井上汲水的绞车。剑柄用玉刻作辘轳的形状，称为鹿卢剑。㉖ 府小史：太守府中的小官。㉗ 朝大夫：朝廷中大夫的官职。㉘ 侍中郎：官名。侍中在汉代是加官，即在原官上特加的荣衔，兼任侍中经常在皇帝左右侍奉。㉙ 专城居：一城之主，指太守、刺史一类地方负责官员。㉚ 鬑鬑(lián)：须发稀疏貌。㉛ 盈盈：走路从容舒缓貌。公府步：方步。公府即官府。㉜ 殊：优秀出众。

（朱 伟 郑逸文）

长 歌 行①

【题解】

长歌行在汉乐府属《相和歌辞》。全诗共有3首，这是其中的第一首。此诗托兴于园中之葵与易消的朝露，由此自然联系到自然界万物兴衰、时间流逝无情的生活哲理，从而鞭策人们应该珍惜少年时期的美好时光而有所作为。

青青园中葵，朝露待日晞②。阳春布德泽③，万物生光辉。常恐秋节至，焜黄华叶衰④。百川东到海，何时复西归。少壮不努力，老大徒伤悲。

① 本诗选自中华书局1983年版逯钦立辑校《先秦汉魏晋南北朝诗》汉诗卷九。② 晞(xī)：晒干。③ 阳春：温和的春天时节。布：施给。德泽：恩惠。④ 焜(kūn)黄：枯黄。

（郑利华）

东 门 行[1]

【题解】

这首诗写一个男子因家中饥寒交迫，不得不铤而走险，其妻在旁百般劝阻。诗中的主人公一会儿义无反顾地步出东门，一会儿又折回来，愁肠百结，犹豫不决。最后由于为“盎中无斗米”、“架上无悬衣”的困境所迫，不听妻子的劝阻，扬长而去。全诗至此戛然而止，主人公的遭遇如何，给读者留下了悬念。但他必然会和千千万万劳苦大众一样，在那个黑暗社会里摆脱不了悲惨的命运。此诗出色地表现了主人公走投无路的悲愤和铤而走险时矛盾的心理，并且通过夫妻两人的对话刻画出两人的性格差别。人物语言形象生动，闻其声如见其人。对话中短句的运用，增强了诗歌的节奏和力度，并烘托出紧张、激愤的气氛。

出东门，不顾归[2]。来入门，怅欲悲[3]。盎中无斗米储[4]，还视架上无悬衣[5]。拔剑东门去，舍中儿母牵衣啼[6]：“他家但愿富贵，贱妾与君共餔糜[7]。上用仓浪天故[8]，下当用此黄口儿[9]。今非[10]！”“咄[11]！行！吾去为迟，白发时下难久居[12]”。

---

① 本诗选自中华书局1983年版逯钦立辑校《先秦汉魏晋南北朝诗》汉诗卷九。② 顾：考虑。③ 怅：失意惆怅。④ 盎：小口大腹的瓦甕。⑤ 还视：回头看。悬衣：挂着的衣服。⑥ 儿母：小孩的母亲。⑦ 餔：吃。糜：粥。⑧ 用：为了。仓浪天：青天。⑨ 黄口：幼儿。⑩ 今非：现在的做法不对。⑪ 咄：呵叱责骂声。⑫ 下：脱落。这句意为我的头发斑白脱落，这种日子实在难捱下去了。

（朱 伟 郑逸文）

孤 儿 行[①]

【题解】

这首诗载于《乐府诗集》，又名《孤子生行》或《放歌行》，是一首写孤儿受兄嫂虐待的诗。全诗可分三部分来读。第一部分写孤儿在外经商受艰辛，回到家中兄嫂不顾他的劳累，令他烧饭喂马；第二部分写孤儿为兄嫂打水，天寒地冻，受尽折磨，兄嫂却故作不知；最后一部分写孤儿外出运瓜，瓜车倾覆，兄嫂凶态毕露。通观全诗，孤儿与兄嫂名义上虽为骨肉至亲，实际上却是主仆关系。全诗虽然写了一个孤儿的遭遇，同时也反映出当时奴婢们的生活情况，它提出的既是家庭问题，也是社会问题。

孤儿生，孤子遇生，命独当苦[②]。父母在时，乘坚车，驾驷马[③]。父母已去[④]，兄嫂令我行贾[⑤]。南到九江[⑥]，东到齐鲁[⑦]。腊月来归[⑧]，不敢自言苦。头多虮虱，面目多尘[⑨]。大兄言办饭，大嫂言视马。上高堂[⑩]，行取殿下堂[⑪]，孤儿泪下如雨。使我朝行汲[⑫]，暮得水来归。

---

① 本诗选自中华书局版逯钦立辑校《先秦汉魏晋南北朝诗》汉诗卷九。② 生：出生。孤子：孤儿。遇：逢到。生：生活。命：命运。这三句意为孤儿出生到世上来命本来就苦，这个孤儿又遇到这样的处境，他的命运就更加苦了。③ 驷马：四匹马拉的车子。④ 已去：已死。⑤ 行贾：外出经商，汉朝时商人社会地位低下，当时的商贾有些就是富贵人家的奴仆，兄嫂命孤儿行贾就是将他当奴仆使。⑥ 九江：指九江郡，汉朝治所，在今安徽省。⑦ 齐鲁：泛指今山东省境内的地方。⑧ 腊月：十二月。⑨ 这一句末尾可能脱漏一个“土”字。⑩ 高堂：大厅，犹如今日之正屋。⑪ 行取：急急忙忙地走。殿下堂：指高堂下的另一处偏屋。这一句意为孤儿一会儿去正屋办饭，一会儿又急忙下堂去喂马，奔走忙碌。⑫ 汲水：提水。

手为错⑬，足下无菲⑭。怆怆履霜⑮，中多蒺藜⑯。拔断蒺藜肠月中⑰，怆欲悲。泪下渫渫⑱，清涕累累⑲。冬无複襦⑳，夏无单衣。居生不乐㉑，不如早去，下从地下黄泉㉒。春气动，草萌芽，三月蚕桑，六月收瓜。将是瓜车㉓，来到还家。瓜车反覆，助我者少，啗瓜者多㉔。愿还我蒂，兄与嫂严，独且急归，当兴较计㉕。

乱曰㉖：里中一何譊譊㉗。愿欲寄尺书㉘，将与地下父母㉙，兄嫂难与久居。

---

⑬ 错："皵"的假借字，言皮肤皴裂。⑭ 菲：草鞋。⑮ 怆怆：悲伤貌。⑯ 蒺藜：一种蔓生的野草，有刺。⑰ 肠：指腓肠，小腿后面的肉。月：通"肉"字。⑱ 渫渫：形容泪流不断。⑲ 累累：形容涕泪交叠。⑳ 複襦：短夹袄。㉑ 居生：活在世上。㉒ 早去：早死。这二句意为不如早点死去，在地下追随父母。㉓ 将：即"推"。㉔ 啗：同"啖"，吃。㉕ 蒂：瓜藤与瓜连接的部分。独且：即将，马上。兴："惹起"。兴较计：起纠纷。这四句意为孤儿求吃瓜的人将瓜蒂还他，好向兄嫂交代，然而兄嫂严厉，他要立即赶回家，兄嫂见瓜少了，定要惹起一场麻烦。㉖ 乱：音乐的最后一段，可能是合唱，在此以下的四句是乱辞。㉗ 里中：孤儿居住的地方。譊譊：喧哗、吵闹声。这句意为孤儿推车走近家门，听到一片喧哗怒骂声。㉘ 尺书：信札。㉙ 将与：带给、捎给。

（朱　伟　郑逸文）

艳歌何尝行[①]

【题解】

《艳歌何尝行》属汉乐府《相和歌辞》。徐陵《玉台新咏》收有《双白鹄》乐府，词句与此篇基本相同，“念与君离别”下等句，有人因此认为当属徐陵对原诗删改之作。这首诗分两个自然层次。起首至“泪下”句，为全诗起兴部分，描写雌雄双鹄奋飞途中雌鹄因病而与雄鹄离别的情形。从“念与”句以下，由鸟转移到人，从双鹄的生死别离，引出妻对远行丈夫倾诉忠贞不渝的真挚感情。

飞来双白鹄，乃从西北来。十十将五五，罗列行不齐。妻卒被病，行不能相随。五里一返顾，六里一徘徊。吾欲衔汝去，口噤不能开[②]。吾欲负汝去，毛羽何摧颓[③]。乐哉新相知，忧来生别离。躇踌顾群侣，泪下不自知。念与君离别，气结不能言[④]。各各重自爱，道远归还难。妾当守空房，闭门下重关[⑤]。若生当相见，亡者会重泉。今日乐相乐，延年万岁期[⑥]。

---

① 本诗选自中华书局1983年版逯钦立辑校《先秦汉魏晋南北朝诗》汉诗卷九。② 噤：口闭。③ 摧颓：脱落。④ 气结：哽咽，说不出话。⑤ 下重关：插上两道门闩。⑥ 末两句为乐府习惯套语，系乐工所加。

（郑利华）

白头吟[1]

【题解】

《白头吟》属乐府《相和歌辞》。《玉台新咏》此诗题作《皑如山上雪》。《乐府诗集》收《白头吟》古辞2首，一为《宋书・乐志》所载，一为此诗。《西京杂记》记载汉司马相如将娶茂陵女为妾，其妻卓文君遂作《白头吟》以示决绝之意，但此说并不可信。这首乐府诗仿拟一位女子的口吻，谴责了曾与相爱的男子的负心。诗采用传统起兴的手法，反复咏叹，叙事中间以抒情，辞调凄伤婉转，脉络清晰而又自然。

皑如山上雪[2]，皎若云间月。闻君有两意，故来相决绝。今日斗酒会，明旦沟水头。躞蹀御沟上[3]，沟水东西流。凄凄复凄凄，嫁娶不须啼。愿得一心人，白头不相离。竹竿何嫋嫋[4]。鱼尾何簁簁[5]，男儿重意气，何用钱刀为[6]？

---

① 本诗选自中华书局1983年版逯钦立辑校《先秦汉魏晋南北朝诗》汉诗卷九。② 皑：洁白。③ 躞蹀(xiè dié)：小步貌。御沟：流经宫苑的沟渠。④ 嫋嫋(niǎo)：摆摇貌。⑤ 簁簁(shāi)：同“筛”，鱼跃掉尾的声音。⑥ 钱刀：指金钱。古时有刀形的钱币。

（郑利华）

古诗为焦仲卿妻作①

【题解】

这首诗最早见于《玉台新咏》，题为《古诗为焦仲卿妻作》，《乐府诗集》收入此诗，改题为《焦仲卿妻》，现在一般人常取此诗首句，名之为《孔雀东南飞》。诗前原有序言："汉末建安中庐江府小吏焦仲卿妻刘氏，为仲卿母所遣，自誓不嫁。其家逼之，乃没水而死。仲卿闻之，亦自缢于庭树，时伤之，为诗云尔。"关于此诗的创制年代一直众说纷纭，比较合理的说法是此诗产生于汉末，只是由于民间乐府大多为集体创作，在流传过程中不断有人对其进行润饰与修改，故诗中混入了一些反映汉以后风俗习惯的细节。但诗的最终定稿，应不晚于《玉台新咏》的成书年代，即南朝梁代。

此诗共三百五十多句，一千七百余字，是我国古代极为罕见的完整的叙事长诗。诗歌以焦仲卿与刘兰芝的爱情悲剧为线索，成功地塑造了一对忠于爱情、敢于反抗封建礼教，具有鲜明个性的年轻夫妇形象。全诗结构严谨、剪裁得体、情节发展自然、人物形象鲜明、语言朴实生动，是我国古代叙事诗中的精品。

孔雀东南飞，五里一徘徊②。"十三能织素③，十四学裁衣，十五弹箜篌④，十六诵诗书。十七为君妇，心中常苦悲。君即为府吏，守

---

① 本诗选自中华书局1983年版逯钦立辑校《先秦汉魏晋南北朝诗》汉诗卷十。② 古代歌谣写夫妻别离，多以双飞鸟起兴，开首这两句便是全诗的起兴。③ 素：白色的绢。④ 箜篌：亦作"空侯"，古弦乐器名。

节情不移⑤。鸡鸣入机织⑥，夜夜不得息。三日断五疋⑦，大人故嫌迟⑧。非为织作迟，君家妇难为。妾不堪驱使，徒留无所施⑨。便可白公姥⑩，及时相遣归”⑪。

府吏得闻之，堂上启阿母⑫："儿已薄禄相⑬，幸复得此妇。结发同枕席⑭，黄泉共为友。共事二三年，始尔未为久。女行无偏斜⑮，何意致不厚⑯？"阿母谓府吏："何乃太区区⑰，此妇无礼节，举动自专由⑱。吾意久怀忿，汝岂得自由！东家有贤女，自名秦罗敷⑲。可怜体无比⑳，阿母为汝求。便可速遣之，遣去慎莫留！"府吏长跪告，伏惟启阿母㉑："今若遣此妇，终老不复取㉒！"阿母得闻之，槌床便大怒㉓："小子无所畏，何敢助妇语！吾已失恩义，会不相从许㉔。"

府吏默无声，再拜还入户。举言谓新妇㉕，哽咽不能语㉖："我自

---

⑤ 府吏：指序中所说庐江府小吏。焦仲卿任职于庐江郡的府治，不能经常回家，刘氏常常独守空房，故言"守节情不移"。⑥ 入机织：上机器织布。⑦ 断：指从织机上将已织好的布疋截下。疋(pǐ)：同"匹"。⑧ 大人：对婆母的敬称。⑨ 施：用。这句意为徒然留在这里也没有什么用处。⑩ 白：禀告。公姥：公婆，在此是偏义复词，专指婆婆。⑪ 以上这段为刘兰芝向焦仲卿诉说苦衷的话。⑫ 启：禀告。⑬ 薄禄相：古时迷信相术，认定一个人的相貌可定其终生贫贱富贵，"薄禄相"即穷相。这二句意为我已生就一副穷相，幸亏娶得这个妻子还算贤慧。⑭ 结发：指成婚。古礼，成婚之夕男左女右共结束发。⑮ 女行：女子的行为。偏斜：不正常、不健康。⑯ 何意：如何能料到。致：招致。不厚：不爱。⑰ 区区：愚蠢、固执。⑱ 自专由：自以为是、擅作主张。⑲ 秦罗敷：泛指漂亮的女子，并非真正姓秦名罗敷的女子。⑳ 可怜：可爱。体：体态容貌。㉑ 伏惟：旧时下对上有所陈述时所用的敬辞。㉒ 取：同"娶"。㉓ 槌：击打。床：坐具，比板凳稍宽。㉔ 会：应当，在此作"必定"解，从许：允许。以上这段写仲卿为刘氏求情、母亲震怒的情形。㉕ 举言：称道，在此作"转述其母之言"意。新妇：指"媳妇"。㉖ 哽咽：因悲痛而气急不能言。

不驱卿[27]，逼迫有阿母。卿但暂还家，吾今且报府[28]，不久当归还，还必相迎取。以此下心意[29]，慎勿违吾意。”新妇谓府吏：“勿复重纷纭[30]！往昔初阳岁[31]，谢家来贵门[32]。奉事循公姥[33]，进止敢自专？昼夜勤作息，伶俜萦苦辛[34]。谓言无罪过，供养卒大恩[35]。仍更被驱遣，何言复来还？妾有绣腰襦[36]，葳蕤自生光[37]。红罗复斗帐[38]，四角垂香囊。箱帘六七十，绿碧青丝绳[39]。物物各自异，种种在其中。人贱物亦鄙，不足迎后人[40]，留待作遗施[41]，于今无会因[42]。时时为安慰，久久莫相忘[43]。”

鸡鸣外欲曙，新妇起严妆[44]。著我绣袂裙，事事四五通[45]：足下蹑丝履，头上玳瑁光，腰若流纨素[46]，耳著明月珰[47]。指如削葱根[48]，口如含朱丹[49]，纤纤作细步，精妙世无双。上堂谢阿母，母听去不止[50]。“昔

㉗ 卿：在此为丈夫对妻子的昵称。㉘ 报：作“赴”解。“报府”即赶去公府任职。㉙ 下心意：低声下气，忍受委曲。㉚ 纷纭：凌乱。此句意为不必再找麻烦。㉛ 初阳岁：指冬至节，旧时有冬至阳气初动之说，㉜ 谢：辞别。㉝ 奉事：行事。循：顺着。㉞ 伶俜：孤单貌。萦苦辛：为辛苦所牵缠。㉟ 大恩：婆婆对媳妇的恩情。这句意为原想好好供养婆婆，以报答她对我的大恩。㊱ 绣腰襦：绣花短袄。㊲ 葳蕤：(wēi ruí) 草木茂盛枝叶下垂状，这里形容绣腰襦的图案。㊳ 复斗帐：口小底大，形状像倒过来的斗的帐子。㊴ 帘：同“奁”，即嫁妆。这二句意为有六七十个装嫁妆的箱子，都用青丝绳子捆住。㊵ 后人：指仲卿日后再娶的新娘。㊶ 遗施：赠送、施与。㊷ 会因：会面的机会。㊸ 这两句就上面所述的物件而言，意为我之所以要将这些东西留给你是为了让你经常看到这些东西得到安慰，同时也希望因此而不忘记我。以上这段写仲卿与刘氏的辛酸话别。㊹ 严妆：认真整妆。㊺ 事事：指穿衣梳妆之事。四五通：四五遍。㊻ 纨素：质地轻软的丝织品。这句意为腰身如纨素般柔美。㊼ 明月珰：明月珠做成的耳环。㊽ 削葱根：削尖的葱根，形容手指的细长洁白。㊾ 朱丹：朱砂。此形容嘴唇红润。㊿ 这二句意为上堂向婆母辞行，婆婆听其自去，不加留阻。

作女儿时，生小出野里[51]，本自无教训，兼愧贵家子[52]。受母钱帛多[53]，不堪母驱使[54]。今日还家去，念母劳家里[55]。”欲与小姑别，泪落连珠子：“新妇初来时，小姑始扶床；今日被驱遣，小姑如我长，勤心养公姥，好自相扶将[56]。初七及下九[57]，嬉戏莫相忘。”出门登车去，涕落百余行[58]。

府吏马在前，新妇车在后，隐隐何訇訇[59]，俱会大道口。下马入车中，低头共耳语：“誓不相隔卿[60]，且暂还家去，吾今且赴府。不久当还归，誓天不相负[61]。”新妇谓府吏：“感君区区怀[62]。君既若见录[63]，不久望君来。君当作磐石[64]，妾当作蒲苇[65]。蒲苇纫如丝，磐石无转移。我有亲父兄[66]，性情暴如雷，恐不任我意，逆以煎我怀[67]。”举手长劳劳[68]，二情同依依[69]。

入门上家堂，进退无颜仪[70]。阿母大拊掌[71]：“不图子自归！十三教汝织，十四能裁衣，十五弹箜篌，十六知礼仪，十七遣汝嫁，谓言无誓违[72]。汝今无罪过[73]，不迎而自归？”兰芝惭阿母[74]：“儿实无罪过。”

---

[51] 野里：乡野之地。[52] 兼：又、更。这二句意为家世寒微，缺乏教养，加之嫁到你家这一高贵门第，更加使我惭愧。[53] 钱帛：此指“聘礼”。[54] 不堪：不能胜任。[55] 这两句意为今天我要回娘家去了，婆婆今后在家中要多操劳了。[56] 相扶将：照应。[57] 初七：七夕，古时妇人多在此日供祭传说中的织女，用针线做各种游戏，叫乞巧。下九：古时称每月二十九日为上九，初九为中九，十九为下九。妇女常在下九日设酒集会，玩藏物等各种游戏，称阳会。[58] 以上这段写兰芝离开焦家的那天，认真整妆，从容地与焦母和小姑作别。[59] 隐隐、訇訇：均为车子行走时的声响。[60] 隔：绝。[61] 誓天：对天发誓。[62] 区区：犹“拳拳”，忠爱专一的意思。[63] 见：蒙、被。录：记取，收留。[64] 磐石：巨石，喻坚定不移。[65] 蒲苇：芦苇，喻柔韧不断。[66] 亲父兄：偏义复词，单指兄。[67] 逆：逆料，事先预测的意思。煎我怀：形容心中苦恼、急迫。[68] 劳劳：忧伤貌。[69] 以上这段写仲卿与兰芝最后分手，依依惜别。[70] 颜仪：脸面。[71] 拊掌：拍手。在此表示惊异。[72] 誓违：誓疑为“諐”(qiān)之误。諐违：过失。[73] 今：作“假若”解。[74] 惭阿母：惭愧地回答母亲的话。

阿母大悲摧[75]。

还家十余日，县令遣媒来。云“有第三郎，窈窕世无双[76]，年始十八九，便言多令才[77]。”阿母谓阿女：“汝可去应之。”阿女衔泪答：“兰芝初还时，府吏见丁宁[78]，结誓不别离。今日违情义，恐此事非奇[79]。自可断来信[80]，徐徐更谓之[81]。”阿母白媒人：“贫贱有此女，始适还家门[82]；不堪吏人妇，岂合令郎君？幸可广问讯，不得便相许[83]。”

媒人去数日，寻遣丞请还[84]，说“有兰家女，承籍有宦官[85]。云有第五郎，娇逸未有婚[86]。遣丞为媒人，主簿通语言[87]。”直说“太守家，有此令郎君，即欲结大义[88]，故遣来贵门。”阿母谢媒人：“女子先有誓，老姥岂敢言[89]？”阿兄得闻之，怅然心中烦，举言谓阿妹[90]：“作计何不量[91]！先嫁得府吏，后嫁得郎君，否泰如天地[92]，足以荣汝身。不嫁义郎体[93]，其往欲何云[94]？”兰芝仰头答：“理实如兄言，谢家事夫婿，中道还兄门，处分适兄意[95]，那得自任专？虽与府吏要，渠会永无

---

[75] 悲摧：悲伤。这一段写刘兰芝回到娘家，与母亲相见的情景。[76] 窈窕：美好。[77] 便言：有口才。令才：美好的才华。[78] 丁宁：叮咛，再三嘱咐。[79] 奇：美好。非奇即不妙。[80] 断：回绝。信：使者，指县令派来的媒人。[81]“徐徐”句：这句意为慢慢再谈它吧。[82] 适：嫁。始适：言出嫁不久。[83] 这一段写县令遣媒说婚，兰芝拒绝。[84] 寻：随即。遣丞：太守派遣郡丞。请：请示。这两句意为县令的媒人离去数天后，太守随即派郡丞来提亲。[85] 承籍：承继先人的仕籍。这两句意为郡丞转达太守的话，说兰芝家姑娘是官宦之后。[86] 娇逸：娇美文雅。[87] 主簿：掌官文书簿籍的官员。这句意为太守向刘家求婚的话是委托主簿传达的。[88] 结大义：缔结婚姻。[89] 老姥：老妇。[90] 举言：扬声，高声。[91] 作计：打主意。不量：不加考虑。[92] 否(pǐ)：坏运气。泰：好运气。[93] 义郎：郎，郎君。义，是美称。[94]“其往”句：这句意思是长此以往作何打算呢？[95] 处分：处理、处置。适：顺从。

缘[96]！登即相许和[97]，便可作婚姻[98]。”

媒人下床去，诺诺复尔尔[99]。还部白府君：“下官奉使命，言谈大有缘。”府君得闻之，心中大欢喜。视历复开书[100]，便利此月内[101]，六合正相应[102]。“良吉三十日，今已二十七，卿可去成婚。”交语速装束[103]，络驿如浮云。青雀白鹄舫[104]，四角龙子幡[105]，婀娜随风转；金车玉作轮，踯躅青骢马[106]，流苏金镂鞍[107]。赍钱三百万[108]，皆用青丝穿。杂彩三百疋[109]，交广市鲑珍[110]。从人四五百，郁郁登郡门[111]。阿母谓阿女：“适得府君书，明日来迎汝。何不作衣裳，莫令事不举[112]！”阿女默无声，手巾掩口啼，泪落便如泻。移我琉璃榻[113]，出置前窗下。左手持刀尺，右手执绫罗，朝成绣袂裙，晚成单罗衫。晻晻日欲暝[114]，愁思出门啼[115]。

府吏闻此变，因求假暂归。未至二三里，摧藏马悲哀[116]。新妇识

---

⑯ 要：约。渠：他。渠会：与他相会。这二句意为虽与府吏有过誓约，但和他相会恐怕永远没有机缘了。⑰ 登即：立即。许和：答应。⑱ 婣：“姻”的古字。这段写兰芝被迫答应太守的求婚。⑲ 诺诺尔尔：答应声。⑳ 历、书：均指历书，古时迷信，凡婚丧嫁娶均要翻查历书，择吉日而行事。(101) 便利：适宜。(102) 六合正相应：古时选择吉日，要求月建和日辰相合，即子丑相合、寅亥相合、卯戌相合、辰酉相合、巳申相合、午未相合，称为六合。(103) 交语：交代手下的人。速装束：从速筹办婚礼所需的物品。(104) 舫：船。青雀、白鹄：船头上画的图案。(105) 龙子幡：绣龙的旗。(106) 青骢马：青白杂色的马。(107) 流苏：马饰。金镂鞍：金属雕花装饰的马鞍。(108) 赍（jì）钱：用以馈赠的钱。(109) 杂彩：各色的缎匹。(110) 交、广：地名。“交”为交州（今两广及越南一带）。“广”为广州（即今广东省）。市：买。鲑珍：海产中的珍品。(111) 郁郁：人多貌。郡门：府治的城门。这两句为迎亲的队伍有四、五百随从，聚集在府门前准备出发。这段写太守准备娶亲的豪华场面。(112) 事不举：事情临时筹办不及。(113) 琉璃榻：装饰有琉璃的座具。(114) 晻晻：太阳下山前昏暗无光貌。(115) 这一段写兰芝忍着悲伤做嫁衣。(116) 摧藏：“藏”同“脏”，犹言五内俱焚，极度哀伤。这两句意为离兰芝家尚有两三里路，由于心中悲苦，闻马鸣亦觉悲哀。

马声，蹑履相逢迎。怅然遥相望，知是故人来。举手拍马鞍，嗟咤使心伤。“自君别我后，人事不可量[117]，果不如先愿，又非君所详[118]。我有亲父母，逼迫兼弟兄[119]，以我应他人，君还何所望？”府吏谓新妇：“贺卿得高迁！磐石方且厚，可以卒千年[120]。蒲苇一时纫，便作旦夕间[121]。卿当日胜贵[122]，吾独向黄泉。”新妇谓府吏：“何意出此言！同是被逼迫，君尔妾亦然[123]。黄泉下相见，勿违今日言！”执手分道去，各各还家门。生人作死别，恨恨那可论！念与世间辞，千万不复全[124]。

府吏还家去，上堂拜阿母：“今日大风寒，寒风摧树木，严霜结庭兰。儿今日冥冥[125]，令母在后单。故作不良计[126]，勿复怨鬼神！命如南山石，四体康且直[127]。”阿母得闻之，零泪应声落[128]：“汝是大家子，仕宦于台阁[129]。慎勿为妇死，贵贱情何薄[130]？东家有贤女，窈窕艳城郭[131]。阿母为汝求，便复在旦夕。”府吏再拜还，长叹空房中，作计乃尔立[132]。转头向户里，渐见愁煎迫[133]。

---

[117] 人事不可量：人事的变化不可预料。[118] 详：详悉，尽知。[119] 父母、弟兄：皆为偏义复合词，言母亲、兄长。[120] 卒千年：经得住千年之变。[121] 这二句意为蒲苇的柔韧只是一时的，旦夕之间便已消失。[122] 日胜贵：一天比一天富贵。[123] 尔：如此。[124] 千万：表示坚决之辞。此句意为无论如何不再想保全自己了。这一段写仲卿与兰芝诀别，两人相约以死殉情。[125] 日暝暝：日暮，喻言生命将要结束。[126] 不良计：不好的打算。[127] 这两句是仲卿在诀别之际，祝愿母亲寿比南山，身体健康。[128] 零泪：断断续续地落泪。[129] 台阁：古代尚书的官署，此处泛指官府。[130] 这两句意为你千万不可为你的妻子寻短见，你和她贵贱悬殊，将她休了也不算薄情。[131] 艳城郭：漂亮冠于全城。[132] 作计：指自杀之意。乃尔：如此。立：决定。[133] 这两句意为仲卿归还房中，此时转头又去看屋中的母亲，心中烦乱，备受忧愁的煎熬逼迫。这一段写焦仲卿回家与母亲告别，准备自杀。

其日牛马嘶，新妇入青庐[134]。菴菴黄昏后[135]，寂寂人定初[136]。“我命绝今日，魂去尸长留。”揽裙脱丝履，举身赴清池。府吏闻此事，心知长别离。徘徊庭树下，自挂东南枝[137]。

两家求合葬，合葬华山傍[138]。东南植松柏，左右种梧桐。枝枝相覆盖，叶叶相交通[139]。中有双飞鸟，自名为鸳鸯，仰头相向鸣，夜夜达五更。行人驻足听，寡妇起彷徨。多谢后世人[140]，戒之慎勿忘[141]。

---

[134] 青庐：青布搭成的帐篷。当时风俗，婚礼要在青庐中举行。[135] 菴菴：同“晻晻”，见前注。[136] 人定初：夜深人初静之时。[137] 这一段写刘兰芝和焦仲卿自杀殉情。[138] 华山：庐江府附近的小山。[139] 交通：交叉。[140] 多谢：敬告。[141] 这一段写仲卿夫妇合葬。末二句是歌者之辞，意在告诫后世的父母不要破坏青年男女的爱情和婚姻，造成这样的悲剧。

（郑逸文　朱　伟）

古　　歌[1]

【题解】

这是一首描写游子客中思念故乡的诗。诗人远离家乡，四处飘泊，眼前萧瑟的秋景触发起他的乡思。思念家乡的愁绪如此强烈地搅扰着诗人的心灵，就像车轮滚来滚

---

[1] 本诗选自中华书局1983年版逯钦立辑校《先秦汉魏晋南北朝诗》汉诗卷十。

去，回环不止。此诗前六句杂用三言、四言、七言，音节短促多变，气象惨急，强烈的感情喷薄而出。后六句全用五言，节奏平缓，且用了衬托、比喻等手法，感情深沉婉转。全诗刚柔相济，呈现出错综起伏的节奏美。这首诗表现了人们共有的思乡之情，具有强烈的艺术感染力。诗中“秋风萧萧愁杀人”、“离家日趋远，衣带日趋缓”等句，经常被后世的诗人所引用。

秋风萧萧愁杀人②，出亦愁，入亦愁。座中何人，谁不怀忧？令我白头。胡地多飙风③，树木何修修④。离家日趋远，衣带日趋缓⑤，心思不能言，肠中车轮转⑥。

---

② 萧萧：风声。③ 飙风：风暴。④ 修修：脩脩，鸟尾干枯貌。这里形容树枝的干枯。⑤ 缓：宽松。这二句意为离家越来越远，人越来越消瘦，衣带渐宽松。⑥ 这二句意为思乡之情无法言说，终日在心中翻滚，如车轮旋转不停。

（郑逸文　朱　伟）

古诗十九首

行行重行行[1]

【题解】

“古诗”本是后代人对于古代诗的称谓。汉人称《诗经》为古诗，六朝人也称汉魏诗为古诗。汉诗中有一批流传到梁、陈时，但“不知作者”或“疑不能明”，而且题目也已失传。对于这些诗，编集者便一概题为《古诗》。梁昭明太子萧统所编集的《文选》，第一次将十九首无名作者的抒情短诗辑录在一起，题为《古诗十九首》，后世遂沿用这一名称。

《古诗十九首》大约产生于东汉末年，是诗歌由两汉发展到魏晋南北朝过程中，一个极为重要的转折点，标志着五言诗在演进过程中已达到了成熟的阶段。

本篇是《古诗十九首》中的第一首。此诗以一个思妇的口吻，委婉真切地写出家居的妻子对远行在外丈夫的思念。全诗前六句写别离，叙说道路阻隔，难以相见；后十句表现相思之苦，并希望远行异乡的亲人自己保重。全诗笔触委婉、曲折而又一往情深，情调朴素、自然，显示出明显的民歌风格。

行行重行行[2]，与君生别离[3]。相去万余里，各在天一涯[4]。道

---

① 本诗选自四部丛刊影印胡刻本《昭明文选》卷二十九。② 重行行：指不停地走。③ 生别离：活生生地别离。④ 天一涯：天各一方。

路阻且长[5]，会面安可知？胡马依北风，越鸟巢南枝[6]。相去日已远，衣带日已缓[7]。浮云蔽白日，游子不顾返[8]。思君令人老，岁月忽已晚。弃捐勿复道，努力加餐饭[9]。

⑤ 阻且长：指道路的艰险和遥远。⑥ 胡马：北方的马。越鸟：南方的鸟。这二句意为北方的马依恋北风，南方的鸟爱筑巢于向南的树枝，言动物尚依恋故土，何况人呢。⑦ 缓：宽松。这句说人因相思而日渐消瘦，衣带也显得宽松了。⑧ "浮云"两句：《文选》李善注认为浮云喻奸邪，游子受奸邪所害，所以不想回家。顾：思念。⑨ 弃捐：抛弃。勿复道：不必再说了。努力：作"保重"、"自爱"解。这两句意为过去的事都撇开不谈吧，只希望远游在外的人多多保重。

（郑逸文　朱　伟）

青青河畔草[1]

【题解】

本篇是《古诗十九首》中的第二首。这是一首以第三人称写成的思妇词。在《古诗十九首》中，这种写法仅见于此篇。在古代诗歌中，相思离别是最为常见的题材，通常在涉及两性间的相思之情的时候，总是掩藏多于暴露，格调多是忧郁深沉的。然而这首写"昔为倡家女"的少妇思夫之作，格调却是非常坦率、单纯的，很少顾忌与克制。再加上诗中开首六句联用六个叠词，更使全诗的色彩显得明朗、热烈。这一情调与上

① 本诗选自四部丛刊影印胡刻本《昭明文选》卷二十九。

一首“行行重行行”中思妇的郁郁含蓄，恰成鲜明对照，代表了《古诗十九首》中思妇词的两种不同风格。

青青河畔草，郁郁园中柳[2]。盈盈楼上女[3]，皎皎当窗牖[4]。娥娥红粉妆[5]，纤纤出素手[6]。昔为倡家女[7]，今为荡子妇[8]。荡子行不归，空床难独守。

② 郁郁：茂盛状。③ 盈盈：指仪态之美，有仪态万方的意思。④ 皎皎：光明貌，此指女子皮肤白皙。当：面临。窗牖（yǒu）：窗户。牖与窗同义。⑤ 娥娥：娇美貌。红粉妆：指艳丽的妆饰。⑥ 纤纤：形容女子手指细嫩柔长。素：白。⑦ 倡家女：指“女乐”，是当时的歌舞乐伎，并非今日的娼妓。⑧ 荡子：指游子，游于四方而不归的人，并非今天的“浪子”。

（郑逸文　朱　伟）

青青陵上柏[1]

【题解】

本篇是《古诗十九首》中的第三首。此诗是一位失意之士通过他所看到的当时政治首都洛阳的一些现象，写出了个人不平之感和不满现实的心情。其中既有对人生短促的感喟，又在对权贵豪门的不满。诗中充满浓厚的忧郁悲凉气氛，绝望中又透漏出

① 本诗选自四部丛刊影印胡刻本《昭明文选》卷二十九。

一种牢骚不平的抑郁之感，这正是生活没有出路的人们的心理反映。整首诗交织着对客观的暴露和批判，这使诗独具表现力和感染力。

青青陵上柏，磊磊涧中石[②]。人生天地间，忽如远行客[③]。斗酒相娱乐，聊厚不为薄[④]。驱车策驽马[⑤]，游戏宛与洛[⑥]。洛中何郁郁，冠带自相索[⑦]。长衢罗夹巷[⑧]，王侯多第宅[⑨]。两宫遥相望[⑩]，双阙百余尺[⑪]。极宴娱心意，戚戚何所迫[⑫]。

---

② 磊磊：众石聚集貌。涧：山沟。③ 忽：匆匆。这两句诗意为陵上柏树常青，涧中众石常在；而人生于天地之间，却匆匆如远行的过客，暂住便去。④ 斗酒：指少量的酒。聊：姑且。聊厚不为薄：厚薄之分是无所谓的。这两句意为斗酒本是很"薄"的，但在无奈中也只有聊以为"厚"，不以为"薄"，如此虽斗酒之微，也就足以互相娱乐了。⑤ 策驽马：鞭打着笨拙迟缓的马。⑥ 游戏：指诗人玩世不恭的处世态度，表示他无心于利禄。宛：汉之南阳郡宛县(今河南省南阳市)，当时有南都之称。洛：洛阳，东汉的京都。两地均为当时最繁华的都市。⑦ 郁郁：形容洛中繁华热闹的景象。冠带：官爵的标志，以有别于平民。索：探访。这二句意为洛阳城中热闹纷忙，富贵的人们自相探访，不理睬别人。⑧ 衢：四达之道，即大街。罗：排列。夹巷：夹在长衢两侧的小巷。⑨ 第宅：皇帝赐予大臣们的住宅，因为有等级的差异，故称"第宅"。⑩ 两宫：指洛阳城中的南北两宫。⑪ 双阙：每一皇宫门前的两座望楼。⑫ 极宴：穷奢极欲地尽情宴乐。戚戚：忧虑貌。这二句意为权贵们穷奢极欲地纵情享乐，我又何必为世事而忧闷不乐呢。

（郑逸文　朱　伟）

今日良宴会[1]

【题解】

本篇是《古诗十九首》中的第四首。此诗写客中对酒听歌的情景，抒发了坎坷失志的寒士“人生无常”的感慨和被压抑的激愤，表现了他们对生命意义的严肃思考以及对自身价值的追求。诗中所表达的人生短促的思想，是汉末诗歌的普遍主题。全诗激昂慷慨，沉郁苍凉，这种迸发式的强烈抒情，给人的感觉和印象是强烈而鲜明的。

今日良宴会，欢乐难具陈[2]。弹筝奋逸响[3]，新声妙入神[4]。令德唱高言，识曲听其真[5]。齐心同所愿，含意俱未申[6]。人生寄一世，奄忽若飙尘[7]。何不策高足[8]，先据要路津[9]。无为守穷贱，轗轲常苦辛[10]。

---

① 本诗选自四部丛刊影印胡刻本《昭明文选》卷二十九。② 具陈：一一诉说。具：备，全部。③ 筝：乐器名。奋：发出。逸响：奔放的声音。④ 新声：指时行歌曲。⑤ 令德：本来是指美德，这里指具有美德的贤者，在此作反语讽刺，指追求利禄之徒。高言：高妙之论，在此也是反语。识曲：懂得歌曲的人。真：歌曲真实的含义。这两句的确切含意应是说现在有一些自命为贤达的人，发出种种高论，究其实质无非是争名夺利、谋取高位而已，只有像我这样的人才能听出这些“高言”背后的“鄙意”。⑥ 申：其他版本作“伸”，表达的意思。这二句意为那些卑琐的念头是当前一般人共同的想法，只是大家都含而不露，没有说出来罢。⑦ 奄忽：急剧。飙：自下而上的风暴。飙尘：狂风卷起的尘土。这二句意为人寄居在世上，如同风中的尘土乍聚乍散，奄忽短促。⑧ 策高足：鞭打快马。⑨ 要路津：行人必经的渡口。津：渡口。此处指官场高位。⑩ 轗轲：本义为行车不利，在此引申为人生不得意。这两句意为何必要甘守穷贱，使自己辛苦一世，长久失意呢？全诗“人生”以后六句，即上文“高言”背后的“真意”，诗人代所谓众贤达道出，好像是鼓励，其实是对此的讽刺。

（郑逸文　朱　伟）

西北有高楼[①]

【题解】

本篇是《古诗十九首》中的第五篇。这是一首感叹知音难遇的诗。此诗中的“弦歌声”发自重重深锁的高楼，弦歌人根本不曾想到有人在听，可曲中之悲令听者驻足彷徨，无须知道歌者为谁，唯悲引起共鸣，歌者成为悲哀的化身。整首诗在若隐若现的弦歌人的悲曲中，透出一种凄楚的境界。

西北有高楼，上与浮云齐。交疏结绮窗[②]，阿阁三重阶[③]。上有弦歌声，音响一何悲。谁能为此曲，无乃杞梁妻[④]。清商随风发，中曲正徘徊[⑤]。一弹再三叹[⑥]，慷慨有余哀[⑦]。不惜歌者苦，但伤知音稀[⑧]。愿为双鸣鹤，奋翅起高飞[⑨]。

---

① 本诗选自四部丛刊影印胡刻本《昭明文选》卷二十九。② 交疏：交错镂刻。绮：原指有花纹的丝织品，在此引申作花纹。③ 阿阁：四周有檐的楼阁。阶：阶梯。④ 无乃：大概。杞梁妻：齐国人杞梁的妻子。据《列女传》记载，杞梁战死，没有子女及亲属，他的妻子孤苦无依，枕着丈夫的尸首在城下痛哭，悲恸动人。这两句意为在高楼中奏着悲凉曲调的是谁呢？大概是内心蕴藏着深切悲哀如杞梁的妻子那样的人吧。⑤ 清商：乐曲名，适宜表现忧愁幽思的哀怨情调。中曲：乐曲中间部分。这两句意为楼上人演奏的清商曲，声音随风飘散，此时正奏到中间反复咏叹的部分。⑥ 一弹再三叹：演奏了一个基调后，再反复重奏或用泛声和奏。⑦ 慷慨：不得志的感情。余哀：不尽的哀伤。⑧ 知音：指能听出乐曲中所表达出的感情的人。这两句意为所痛惜的尚不是歌者心怀忧伤，而是歌者的忧伤没有人能够理解。⑨ 鸣鹤：其他版本作“鸿鹄”。这两句意为愿我们能像一双鸣叫的白鹤，展翅高飞，一起去追求自己的理想。

（郑逸文　朱　伟）

涉江采芙蓉[①]

【题解】

本篇是《古诗十九首》的第六篇。诗写一位飘流异乡的游子怀念故乡的妻子，却欲归不得的愁苦和忧伤。看似顺口吟来，却将沉重的思念倾注在字里行间，在一种苍凉无奈的意境中，透露出被现实压抑的缠绵悱恻的真挚情感。全诗以相思而采芳草，由采芳草而望旧乡，由望旧乡又回到相思这一回环曲折的结构，反映了彼时彼刻诗人内心深处无法排遣的矛盾、痛苦。

涉江采芙蓉[②]，兰泽多芳草[③]。采之欲遗谁[④]，所思在远道。还顾望旧乡[⑤]，长路漫浩浩[⑥]。同心而离居[⑦]，忧伤以终老。

---

① 本诗选自四部丛刊影印胡刻本《昭明文选》卷二十九。② 芙蓉：荷花的别名。③ 兰泽：生长着兰草的低湿之地。④ 遗(wèi)：赠送。⑤ 还顾：回还顾盼。旧乡：家乡。⑥ 漫浩浩：茫茫无尽。⑦ 同心：指夫妻同心，相爱之心。离居：分开来居住。

（郑逸文　朱　伟）

明月皎夜光①

【题解】

本篇是《古诗十九首》中的第七首。这首诗以悲秋为起兴，从时节的变化联想到人情的反复，表达了对世态炎凉的愤慨。全诗借景抒情，以凄清的秋色烘托诗人悲凉忧郁、惆怅不甘的心境，对显贵的朋友不相援引所表示的怨望跃然纸上。诗中象征性比喻与现实处境的描述重见叠出，纵横交错，增强了诗歌的表现力。

明月皎夜光，促织鸣东壁②。玉衡指孟冬，众星何历历③。白露沾野草，时节忽复易④。秋蝉鸣树间，玄鸟逝安适⑤？昔我同门友⑥，高举振六翮⑦。不念携手好⑧，弃我如遗迹⑨。南箕北有斗⑩，牵牛不负轭⑪。良无盘石固⑫，虚名复何益。

---

① 本诗选自四部丛刊影印胡刻本《昭明文选》卷二十九。② 促织：蟋蟀的别名。东壁：东面的屋壁。蟋蟀是秋虫，避寒就暖，所以鸣叫于朝东的墙壁之下。③ 玉衡：指北斗七星。孟冬：初冬，这一句的意思是从星空的流转说明秋夜已深。历历：分明的样子。④ 这两句意为秋天的露水沾湿了野草，转眼间节候又变化了。⑤ 玄鸟：指燕子。逝：前往。安适：到什么地方去？⑥ 同门友：同在师门受业的朋友，即同窗。⑦ 高举：高飞。振：作“奋”解。六翮：指大鸟的翅膀。⑧ 携手好：共患难的友情。⑨ 遗迹：行走时留下的足迹。⑩ 南箕北有斗：这句用《诗经》典，“箕”、“斗”均是星名，但箕星不能用来簸糠，斗星不能用来酌酒，意指同门旧友空有虚名而无真实情谊。⑪ 牵牛不负轭：也是用《诗经》典，意为牵牛星不能用来负轭拉车。轭是架在牛或马颈上的驾具。意同上句。⑫ 盘石：坚硬的石头。这句意为同门旧友的情谊并不像盘石那般坚定不移。

（郑逸文　朱　伟）

冉冉孤生竹①

【题解】

本篇是《古诗十九首》中的第八首。这首诗写一个新婚不久的少妇与丈夫久别的哀怨离愁之情。从诗中的“悠悠隔山陂”，可以推知别离之远；从“轩车来何迟”，可以想见别离之久。新婚后远离久别，而且会面难期，这对一个少妇来说，除了殷切怀念对方而外，更为强烈的是一种顾影自怜的心情、青春不再的感觉。诗人用“含英扬光辉”、“过时而不采”、“将随秋草萎”等一连串的比喻，强调这一感觉，形象十分鲜明，使全诗在忧愁幽思的情调中，不可遏止地散发出一种强烈的青春生活气息，丰富了诗的情感内涵。

冉冉孤生竹，结根泰山阿②。与君为新婚，兔丝附女萝③。兔丝生有时，夫妇会有宜④。千里远结婚，悠悠隔山陂⑤。思君令人老，轩车来何迟⑥。伤彼蕙兰花，含英扬光辉⑦。过时而不采，将随秋草

---

① 本诗选自四部丛刊影印胡刻本《昭明文选》卷二十九。② 冉冉：柔弱下垂貌。孤生竹：指孤零的一株竹子。泰山：指大山。泰，通“大”。阿：山坳。这两句意为柔弱的竹子孤零零地生长在大山的山坳中。这是女子以孤生竹自喻身世。③ 兔丝：蔓生植物。女萝：应为地衣类植物。但古人以为女萝也是藤蔓攀缠植物。这两句意为女子与丈夫新婚情意缠绵牢结，如兔丝附于女萝。④ 宜：适当的时间。这两句意为兔丝的生长有一定的时间，夫妻的相聚也应当有合适的时间。⑤ 陂：山坡。这两句意为离家远嫁，结婚不易，婚后又无法相聚，久别远离。⑥ 轩车：有屏障的车子，古时大夫以上的官员方能坐此种车。这两句意为丈夫新婚不久便外出游宦，女子在家等候企盼，容颜衰老。⑦ 蕙兰花：均为香草名。英：花。这两句为女子的自伤之词，意为自己正处青春盛年，有如蕙兰花正在开放，散发鲜艳光辉。

萎[8]。君亮执高节,贱妾亦何为[9]。

---

⑧ 这两句意为蕙兰香花如果过时不去采摘,就会如秋天的草一样枯萎。这也是女子自伤之词。⑨ 亮:同“谅”,想必。高节:高尚的节操。这两句意为想必丈夫是会守志不渝,早晚总会归来,那么我又何必如此自伤自哀呢?

(郑逸文　朱　伟)

庭中有奇树[1]

【题解】

本篇是《古诗十九首》中的第九首,是一首思念游子的诗,全诗只有短短的八句,通过思妇望见庭树开花、攀枝折花等一系列细节描写,含蓄地表现了女子心中的思念之情。这首诗的笔法十分安详,节奏也十分和缓,但却能层层深入地摹写出幽闺思妇的哀怨情怀,从朴素浅显的风貌中表现出婉曲的思致。

庭中有奇树[2],绿叶发华滋[3]。攀条折其荣[4],将以遗所思。馨

---

① 本诗选自四部丛刊影印胡刻本《昭明文选》卷二十九。② 奇树:佳美的树木。③ 发:开出。华:花。滋:繁茂。“发华滋”意为花儿开得十分茂盛。④ 条:树枝。荣:花。

香盈怀袖[5],路远莫致之[6]。此物何足贡,但感别经时[7]。

⑤ 馨香:芳香。⑥ 致:送达。⑦ 贡:献。时:指别离的时间。这两句意为这花儿本身是不值得献给你的,只是由于我们分别太久了,希望借助它传递我对你的思念之情罢了。

(郑逸文　朱　伟)

迢迢牵牛星[1]

【题解】

本篇是《古诗十九首》中的第十首。这首秋夜即景之作,巧借天上的牵牛织女双星,抒写人间别离的感情,想象丰富,充满着浓厚的浪漫气息,在《古诗十九首》中,显得十分突出。然而全诗虽由幻想引出,以牵牛织女故事为线索一写到底,却没有粘滞在故事的具体情节上,诗中的织女,是日常生活中美的概念的化身。她品质崇高、仪容贞静,勤于劳作,一往情深。诗人按照自己的理想塑造了织女的形象,不仅表现了离别相思的哀怨,而且给人以具有生活意义的美感。这在汉、魏诗歌中是不多见的。

迢迢牵牛星[2],皎皎河汉女[3]。纤纤擢素手[4],札札弄机杼[5]。终

① 本诗选自四部丛刊影印胡刻本《昭明文选》卷二十九。② 迢迢:遥远貌。牵牛星:天鹰星座主星,俗称扁担星,在银河南。“迢迢”是从织女的角度来看的。③ 河汉:银河。河汉女:指织女星,为天琴星座主星,在银河北,与牵牛星隔河相望。④ 纤纤:细长貌。擢:摆弄。⑤ 札札:机织声。杼:织布机上的梭子,机杼指织机。

日不成章[⑥]，泣涕零如雨[⑦]。河汉清且浅，相去复几许[⑧]？盈盈一水间，脉脉不得语[⑨]。

⑥ 章：纺织品上的经纬。不成章：无法往复成章。这一句意为织女因相思而无心织布。⑦ 零：落。零如雨：形容涕泪纵横的样子。⑧ 几许：多少。这二句意为银河水很清浅，牵牛织女星相去又有多远呢？⑨ 盈盈：水清浅貌。脉脉：凝视貌。这两句意为虽只一水之隔，却相视而不得语，可望而不可即。

（郑逸文　朱　伟）

回车驾言迈[①]

【题解】

本篇是《古诗十九首》中的第十一首。诗从客观景物的更新，联系到人生寿命的短暂，因而发出“立身不早”、沉沦失意的慨叹。全诗从写景到抒情，用极为朴质而又极为概括的语言，写出人生最深切的经验感觉，即人人意中所有而笔下所无的境界。

回车驾言迈[②]，悠悠涉长道[③]。四顾何茫茫，东风摇百草[④]。所

① 本诗选自四部丛刊影印胡刻本《昭明文选》卷二十九。② 回：转。言：语助词，无意义。迈：远行。③ 涉：行进。长道：长途。④ 茫茫：广远无际。东风：春风。这二句意为环顾四周一片茫茫，只有在春风中摇动着的各种野草而已。

遇无故物，焉得不速老[5]。盛衰各有时[6]，立身苦不早[7]。人生非金石，岂能长寿考[8]。奄忽随物化，荣名以为宝[9]。

⑤ 故物：以前的东西。这两句意为沿途看到客观事物的新陈代谢，感受到自然力量的无情威胁，感叹人怎么不很快就老了呢？ ⑥ 时：时机、命运。⑦ 立身：指“立德、立功、立言”等使人不朽的成就。⑧ 考：老，长寿考即长寿。这二句意为人生脆弱，不像金石般坚固，谁又能长生不老？ ⑨ 奄忽：急剧状。随物化：随物而化，指死亡。荣名：光荣的名声。这两句意为倏忽之间，随着自然的演变，人很快就会死去，只有荣名能够长存，所以世人将其视作珍宝。

（郑逸文　朱　伟）

东城高且长[1]

【题解】

本篇是《古诗十九首》中的第十二首。诗通过游子客中所见所闻，反映出诗人心中空虚无着落的苦闷与悲哀。前十句由秋日的悲风起兴，描写四时的变更、岁月的无情，从而引起诗人对年华早逝的感叹，流露出摆脱束缚，以纵情声色来平抑、忘却痛苦和忧愁的意愿。后十句写他目睹耳闻燕赵佳人的歌咏，不禁为她们曲中流露出的悲伤情怀所打动，踯躅良久，沉吟不已。幻想着与佳人双宿双飞，彼此安慰。全诗的情调，在沉郁中透露出一股凄凉无奈之情。有些选本将此诗前后十句分为两首，现据《文

① 本诗选自四部丛刊影印胡刻本《昭明文选》卷二十九。

选》、《玉台新咏》，仍作为一首。

东城高且长，逶迤自相属[②]。回风动地起，秋草萋已绿[③]。四时更变化，岁暮一何速。晨风怀苦心[④]，蟋蟀伤局促[⑤]。荡涤放情志，何为自结束[⑥]。燕赵多佳人[⑦]，美者颜如玉。被服罗裳衣[⑧]，当户理清曲[⑨]。音响一何悲，弦急知柱促[⑩]。驰情整中带，沈吟聊踯躅[⑪]。思为双飞燕，衔泥巢君屋[⑫]。

---

② 逶迤：连绵不断的样子。相属：相连接。③ 回风：旋风。动地起：卷地而起。萋：通"凄"，衰败。绿：黄绿色。这两句言秋风已起，秋天的草色已黯然变黄了。写季节变换。④ 晨风：《诗经》篇名，女子怀人之诗，情调哀苦。怀苦心：指《晨风》诗中的忧伤情怀。⑤ 蟋蟀：《诗经》中的篇名，感时忧怀之作。伤局促：指《蟋蟀》诗中拘束不展开的诗思情怀。以上两句意为诗人对《晨风》、《蟋蟀》两诗作者不以为然，认为他们未免太使自己愁苦拘束了。⑥ 荡涤：冲洗，指清除烦恼忧愁。放情志：放任自己的情怀。结束：约束。这两句意为应该扫除烦恼，放情自娱，何必自我约束呢？⑦ 燕赵：今河北、山西一带。佳人：美人，在此指女乐。⑧ 被服：穿着。罗：罗纨，一种丝织品，这里形容衣服华美。裳衣：衣裳。⑨ 理：练习。清曲：清商曲，古代乐曲中的一种调式，适宜表现忧愁哀怨。⑩ 柱：瑟上支弦所用的木柱。促：移近。柱移得近则弦急音高。⑪ 驰情：神往，指感情为乐曲所吸引。中带：腰带。踯躅：徘徊不前。这两句意为诗人听曲神往。下意识地整整身上的衣带，想去与佳人接近。但又有所顾虑，因而沈吟，踯躅，犹豫不前。⑫ 衔泥巢屋：意指同居。这二句意为诗人愿意化为飞燕，住在奏曲者的屋梁上。实际上此时诗人想与佳人双宿双飞，成为佳偶。

（朱　伟　郑逸文）

驱车上东门①

【题解】

本篇是《古诗十九》中的第十三篇。这是一首鼓吹及时行乐思想的诗。诗人流落在古都洛阳，因看到北邙山的坟墓，感慨良多。认为人生必有一死，圣贤也在所难免，而吃药求仙，只是徒然地损耗身体而已，还不如饮美酒穿漂亮的衣服，以图一时之乐。感叹生命无常，宣扬及时行乐，这是《古诗十九首》中最为常见的题材，表现在这首诗中，应当说是最为透彻。诗人将荒丘旷野的萧瑟情景、长眠地下的“陈死人”和“年命如朝露”的现实人生联系起来，全诗的情绪也就显得更为悲凉、凄惨。

驱车上东门②，遥望郭北墓③。白杨何萧萧，松柏夹广路④。下有陈死人，杳杳即长暮⑤。潜寐黄泉下⑥，千载永不寤⑦。浩浩阴阳移，年命如朝露⑧。人生忽如寄，寿无金石固⑨。万岁更相迭，圣贤莫

---

① 本诗选自四部丛刊影印本胡刻《昭明文选》卷二十九。② 上东门：洛阳东城三门中最近北的城门。③ 郭：城郭，此处指洛阳。郭北：指洛阳城北的北邙山，是当时的墓地。④ 广路：指墓道。旧时富贵人家的坟前都有墓道，两旁植以松柏。⑤ 陈死人：死去很久的人。杳杳：幽暗貌。即：就，动词。长暮：长夜。这两句意为墓下有死去很久的死者，他们葬于墓中，等于身处幽暗无尽的长夜。⑥ 潜寐：沉默地睡着。⑦。寤：醒来。⑧ 浩浩：水流貌，这里指时光的流逝。阴阳移：四时运转，古代以春夏为阳，秋冬为阴。这二句意为岁月浩荡，时光流转，人的生命却如早晨的露水般短暂。⑨ 寄：短暂的居住。这两句意为人生飘忽如寄，没有一个人的寿命如金石般的牢固。

能度[10]。服食求神仙，多为药所误[11]。不如饮美酒，被服纨与素[12]。

⑩ 万岁：千秋万代。更相迭：交替更迭。度：越过、超越。这两句意为自古而今岁月交替更迭，即使圣贤，也无法长生不老，超越时间的长河。⑪ 服食：指食用道家长生之药。这两句意为服食长生不老的所谓“仙丹妙药”，往往会伤身送命。⑫ 纨与素：皆指精致、洁白的细绢。

（朱　伟　郑逸文）

去者日以疏[1]

【题解】

本篇是《古诗十九首》中的第十四首。诗写游子置身于坟丘之间，周围寒风凛凛、白杨萧萧，但见千年古墓已被夷为平地，昔日郁郁苍苍的松柏也只剩朽木枯株，不禁有沧海桑田之感叹。眼前的这一切，自然而然地触发了诗人的思乡之情。日月易逝，时不我待，不如早日返归家园，再也不要羁留他乡以至蹉跎岁月。然而人在江湖，身不由己，想回家，却又有种种说不清、道不明的理由使他欲归而不能。

去者日以疏，生者日以亲[2]。出郭门直视[3]，但见丘与坟。古墓

① 本诗选自四部丛刊影印胡刻本《昭明文选》卷二十九。② 去者：死者。疏：疏远。这两句意为死去的人逐渐被人们忘却，活着的人之间越来越熟悉。③ 郭门：外城门。

犁为田，松柏摧为薪④。白杨多悲风，萧萧愁杀人。思还故里闾⑤，欲归道无因⑥。

④摧：砍伐。⑤ 故里闾：指故居。⑥ 因：由。这句意为思归却找不到回家的路。

（朱　伟　郑逸文）

生年不满百①

【题解】

本篇是《古诗十九首》中的第十五首。诗感叹人生短促，劝人及时行乐，不要做那种“爱惜费”的“愚者”。《古诗十九首》的作者大多生活于战乱年代，生命没有保障，容易产生强烈的迁逝之感。而对短促的人生，他们宣扬秉烛夜游，追求眼前的欢乐，而不去担忧身后之事。至于那些爱惜身外钱财的愚者则更是可笑可叹。全诗结尾处点明神仙境界是无法企及的虚妄幻想，劝人们还是好好把握住“不满百”的“生年”。全诗行文故作圆通，其实反映出诗人对黑暗年代的无可奈何的感叹。

生年不满百，常怀千岁忧②。昼短苦夜长，何不秉烛游③。为乐

① 本诗选自四部丛刊影印胡刻本《昭明文选》卷二十九。② 千岁忧：指对身后之事的种种思虑。③ 秉：手持。秉烛游：作长夜之游。

当及时，何能待来兹④。愚者爱惜费，但为后世嗤⑤。仙人王子乔，难可与等期⑥。

④ 来兹：来年，指未来的岁月。⑤ 费：财。嗤：轻蔑的笑。这二句意为愚蠢的人爱惜钱财，不愿及时行乐，这种行为只能博得后人的耻笑。⑥ 王子乔：相传是周灵王的太子，名晋，喜好吹笙，声如凤凰鸣唱一般，后来被道士浮丘公接上嵩山，成仙而去。等期：同样的希望。这两句意为像仙人王子乔那样最后成仙得道的事情，不是我等所能期待的。

（朱　伟　郑逸文）

凛凛岁云暮①

【题解】

本篇是《古诗十九首》中的第十六首。岁暮天寒，蝼蛄悲鸣，闺中女子深夜难眠，不由想起远方的丈夫尚无御冬的寒衣。游子久久未归，又使她怀疑丈夫在外另有新欢。思绪缕缕间不觉入睡，梦境中出现了当年燕尔新婚的快乐场景。醒来后她觉悟到这无非是南柯一梦，不禁泪流满面更觉悲哀。这首诗由思妇的心理活动构成主干，围绕梦境完成全篇。值得一提的是描写梦境的笔触十分隐约、精练。

① 本诗选自四部丛刊影印胡刻本《昭明文选》卷二十九。

凛凛岁云暮[2]，蝼蛄夕鸣悲[3]。凉风率已厉[4]，游子寒无衣。锦衾遗洛浦[5]，同袍与我违[6]。独宿累长夜[7]，梦想见容辉[8]。良人惟古欢[9]，枉驾惠前绥[10]。愿得常巧笑[11]，携手同车归。既来不须臾，又不处重闱[12]。亮无晨风翼[13]，焉能凌风飞。眄睐以适意，引领遥相睎[14]。徙倚怀感伤[15]，垂涕沾双扉[16]。

---

② 凛凛：寒冷。云：语助词，无意义。③ 蝼蛄：虫名，俗称土狗，又叫拉拉古，喜夜鸣。④ 率：疾速。厉：猛烈。⑤ 锦衾：锦被。洛浦：洛水之滨。此处用洛神的典故，传说洛水女神名宓妃。在古代神话传说中，她长得很迷人，经常与人恋爱。此句思妇想象丈夫将锦被送给洛水之神，也就是担心他已另有所爱。⑥ 袍：现在的披风，古代士兵白天用来当衣穿，夜里用来当被盖。《诗经·无衣》："与子同袍"，表示军士间的友爱，后来指极有交情的友人。这里以同袍代同衾，指夫妇。违：离，这里兼指形体和感情。⑦ 累：增加。这句意为由于独宿而使长夜显得更长。⑧ 容辉：容貌风采。⑨ 良人：古代妇女对丈夫的称谓。惟：思念。古欢：旧日所爱好的人，指思妇自己。古通"故"。⑩ 枉驾：指丈夫屈尊驾车而来。惠：授予。前绥：车前的绳索，上车时拉着它。古代风俗，结婚时丈夫驾车迎接新妇，以绥援引新妇登车。这两句意为思妇梦见丈夫顾念旧情，驾车迎接自己。此处开始描写梦境。⑪ 巧笑：美好的笑貌。⑫ 须臾：短暂。重闱：指闺中。这两句意为他既来了没有多久，又没有在闺中留下。此写思妇梦醒时分恍惚迷离的样子。⑬ 亮：同"谅"，确实的意思。晨风：鸟名，善飞。⑭ 眄睐（miǎn lài）：邪视，在此指纵目四顾。适意：宽心。引领：引颈，伸长脖子。睎（xī）：望。这两句意为醒来后纵目四顾，希望能找到丈夫的影子以宽解自己的心情。⑮ 徙倚：徘徊。⑯ 沾：湿。扉：门扇。

（朱　伟　郑逸文）

孟冬寒气至①

【题解】

本篇是《古诗十九首》中的第十七首。这是一首思妇之词。前六句写初冬之夜，思妇独守空闺，窗外北风呼啸，愁不能眠，只能望月数星熬过漫漫长夜。后八句写三年前远行在外的丈夫带给自己一封信，自己整日藏在怀袖中，视若珍宝。只是这般深情，远在天涯海角的丈夫能够体察吗？这一连串的想法，都出现在初冬绵绵无尽的寒夜中，使人有一种凛冽凄惨之感，这是诗人刻意营造气氛的结果。

孟冬寒气至②，北风何惨栗③。愁多知夜长，仰观众星列。三五明月满④，四五蟾兔缺⑤。客从远方来，遗我一书札⑥。上言长相思，下言久离别。置书怀袖中，三岁字不灭。一心抱区区，惧君不识察。

---

① 本诗选自四部丛刊影印胡刻本《昭明文选》卷二十九。② 孟冬：初冬。③ 惨栗：寒极貌。④ 三五：旧历十五日。⑤ 四五：旧历二十日。蟾兔：古代神话说月中有玉兔捣药，又说姮娥偷吃神药，飞入月宫，化为蟾蜍。在此是月亮的代称。⑥ 遗：致送。

（朱　伟　郑逸文）

客从远方来①

【题解】

本篇是《古诗十九首》中的第十八首。这是一首歌咏爱情的诗，诗中女主人公接到远方丈夫托人带来的花绸，内心充满了喜悦。诗中通过裁绮为被等一系列的细节描写，形象地表现了女主人公对爱情的忠贞，反映了身处战乱年代的广大人民对幸福生活的执着追求。这首诗保存着浓厚的民歌气息，是十九首古诗中风格最接近民谣的一首。这当中最明显的是双关隐语的运用，如："著以长相思，缘以结不解"，"长相思"即丝棉，"丝"、"思"同音，"缘"又指"因缘"，等等。这些双关语用得十分贴切工整，它们的巧妙运用，对诗歌语言的发展演进具有重要的影响。

客从远方来，遗我一端绮②。相去万余里，故人心尚尔③。文采双鸳鸯，裁为合欢被④。著以长相思⑤。缘以结不解⑥。以胶投漆中，谁能别离此。

---

① 本诗选自四部丛刊影印胡刻本《昭明文选》卷二十九。② 一端：半匹。绮：绫罗一类的丝织品。③ 故人：旧友，在此特指丈夫。尚尔：居然还是这样。即一如既往。④ 合欢：象征和合欢乐的图案。凡器物有合欢图案的往往以合欢为名，汉乐府中常有"合欢襦"、"合欢扇"、"合欢席"等。⑤ 著：在衣被中装绵叫著。长相思：指棉丝，"丝"与"思"谐音，"长"与"绵绵"同义。⑥ 缘：衣被之类沿边的装饰。结不解：在被子的四边缀以丝缕，使之牢结而无法解开，象征爱情牢不可解。

（郑逸文　朱　伟）

明月何皎皎[1]

【题解】

本篇是《古诗十九首》中的第十九首。这是一首久客他乡的游子思归之作。《古诗十九首》中叙写游子心情，主要由两种生活场景入手，其一是“斗酒相娱乐”，其二便是“忧愁不能眠”。前者反映他们政治上的郁郁不得志，而后者则表现他们对故乡家室的眷恋之情。二者都是那个动乱岁月中羁旅愁怀的写照。这首诗写游子夜不能寐，徘徊良久，而心中的纷乱苦闷又无人相诉。思乡却欲归不得，愁闷又无法自遣的情绪描写得十分精细。

明月何皎皎，照我罗床帏[2]。忧愁不能寐，揽衣起徘徊[3]。客行虽云乐，不如早旋归[4]。出户独彷徨，愁思当告谁[5]。引领还入房，泪下沾裳衣[6]。

---

① 本诗选自四部丛刊影印胡刻本《昭明文选》卷二十九。② 罗床帏：罗绮所制床帐，轻薄而透光。③ 揽衣：敛衣，古人衣长，故走路时须用手提着行走。④ 旋：还，回转。这两句意为虽然出门在外，在异乡总有一些快乐有趣的事情，但还是不如早点返回故乡好。⑤ 彷徨：与徘徊同意。这两句意为自己的忧闷心情无人可告，只能独自出户徘徊。⑥引领：伸颈而望，在此为远望的代称。裳衣：衣裳。这两句意为愁思无可告诉，于是抬头仰望，仰望一番后只能再回到空房中，不禁伤心泪下。

（郑逸文　朱　伟）

古诗

其　一①

【题解】

这是一首汉代五言诗,《玉台新咏》题作《古诗》,《太平御览》引作《古乐府》。《乐府诗集》未收。诗通过一个弃妇与原来丈夫的一段对话,反映出妇女在封建社会中不幸的遭遇和无可更改的低下的社会地位。这首诗在弃妇诗中颇具特色,它没有从正面去表现弃妇的哀怨,反而写故夫的念旧,由此说明弃妇是无辜的,她的悲惨命运是由封建社会造成的。全诗主要由对话构成,通过人物语言形象地表现了女子的美丽、善良,温顺、勤劳,并刻画出丈夫患得患失的市侩心理。

上山采蘼芜②,下山逢故夫。长跪问故夫③:"新人复何如④。""新人虽言好,未若故人姝④。颜色类相似,手爪不相如⑤。""新人从门入,故人从阁去⑥。""新人工织缣,故人工织素⑦。织缣日一

---

① 本诗选自寒山赵氏仿宋本《玉台新咏》卷一。② 蘼芜:香草名,叶子风干后可做香料。③ 长跪:古人坐时两膝着地,臀部放在脚跟上,直起腰来,身子就像变长了,所以称为"长跪"。④ 新人:指前夫新娶的妻子。姝:美好,在此不专指容貌,包括各方面而言。⑤ 手爪:指纺织等手工技艺。⑥ 阁:旁门、小门。这两句意为新人从正门堂堂正正地进来了,故人只能暗中从旁门悄然离去。⑦ 工:善于。缣:黄绢,这种丝织品价格较低。素:白绢,价格较黄绢贵。

匹[8]，织素五丈余，将缣来比素，新人不如故。”

⑧ 一匹：四丈。

其　二[1]

【题解】

此诗写一位十五岁从军，到八十岁才退伍归来的老兵的悲惨情景，它暴露了封建社会中不合理的兵役制度对于劳动人民的残酷奴役和对于人性的损害。全诗的基调极为悲凉，成为荒坟的故园田舍，四顾无人垂垂老矣的凄凉，使诗境被一种怨愁情绪所弥漫，老兵痛彻心肺的悲凉之情跃然纸上。此诗叙事自然流畅，语言朴实真切，具有汉代乐府民歌的特点。它原是古代古诗，后世曾采以入乐。

十五从军征，八十始得归。道逢乡里人，“家中有阿谁[2]？”“遥看是君家，松柏冢累累[3]。”兔从狗窦入[4]，雉从梁上飞[5]，中庭生旅谷[6]，

① 本诗选自影宋刊本《乐府诗集》卷二十五。② 阿：语气助词，无意义。③ 冢：坟墓。累累：一个接一个的样子，形容坟墓之多。④ 狗窦：狗洞。⑤ 雉：野鸡。⑥ 旅谷：野生的谷子植物未经播种而生叫“旅生”。

井上生旅葵⑦。舂谷持作飰⑧，采葵持作羹。羹飰一时熟，不知贻阿谁。出门东向看，泪落沾我衣。

---

⑦ 葵：葵菜，其嫩叶可食用。以上四句诗描写老兵家中荒凉破败情景。⑧ 飰：同"饭"。

（郑逸文　朱　伟）

别诗

其　一[①]

【题解】

这首《骨肉缘枝叶》，以及后面的《黄鹤一远别》、《烛烛晨明月》、《良时不再至》，相传均是汉时苏武与李陵互相赠答的诗作。《文选》载苏武和李陵的赠答诗共7首，《古文苑》载有10首。这些诗经近代学者考证，都不是苏李所作，其作者的真实名姓已湮不可考，写作的年代，大约是在东汉末年。这正是战乱频繁、人民饱经离乱之苦的年代。这些诗大都写兄弟、朋友、夫妇之间的离别之情，故而有的选本也将这组诗总题为《别诗七首》。

《骨肉缘枝叶》是一首送别兄弟的诗。首两句以枝叶比喻兄弟亲情；次四句说朋友相熟识且感情日深，更何况兄弟手足；接着六句说今日一别，从此兄弟天各一方，挥手相别之际，更体会手足之情深厚；最后六句用《诗经·鹿鸣》之意，转到饯别之上。全诗平稳之中见沉郁，体现了兄弟友情的敦笃与深厚。

骨肉缘枝叶，结交亦相因[②]。四海皆兄弟，谁为行路人[③]。况我

---

① 本诗选自四部丛刊影印胡刻本《昭明文选》卷二十九。② 骨肉：指兄弟。结交：指朋友。因：亲。这两句意为兄弟骨肉天然相亲就如同叶缘枝而生，结交朋友也是相亲的。③ 这两句用《论语·先进》“四海之内，皆兄弟也”的话，意为天下之人都是相关的，谁都不是漠不相关的陌生人。

连枝树[④]，与子同一身。昔为鸳与鸯，今为参与辰[⑤]。昔者常相近，邈若胡与秦[⑥]。惟念当乖离，恩情日以新[⑦]。鹿鸣思野草，可以喻嘉宾[⑧]。我有一樽酒[⑨]，欲以赠远人[⑩]。愿子留斟酌[⑪]，叙此平生亲。

---

④ 连枝树："连理树"，不同根的两树枝或干连生为一，名为连理树。⑤ 参、辰：参星与商星。参星居西方，商星居东方，出没互不相逢。⑥ 邈：远。胡：指北方少数民族地区。秦：指中国，当时西域诸国称中国为秦。⑦ 乖离：离别。这两句意为只是想到分别在即，更觉情谊与平时有所不同。⑧ 用《诗经·鹿鸣》意，《鹿鸣》是宴宾客的诗，以"呦呦鹿鸣，食野之苹"起兴，用鹿得到食物呼唤同类，来比喻招待宴请嘉宾。⑨ 樽：酒器。⑩ 远人：指将要远去的兄弟。⑪ 斟酌：用勺舀酒。此指饮酒。

其　二[①]

【题解】

这首诗写游子在羁旅中与朋友的分别。诗人一开始连用黄鹄、胡马、飞龙三种鸟兽，来比喻自己与朋友临别之际的依依之情；中间又借写弦歌音响，来表现自己的悲怆激越的情怀。音乐结束了，诗人还沉浸在凄清的乐曲之中，而朋友就要远去，此时诗人已怆然泪下而无法自已，只能希望自己此时能与朋友一起变成黄鹄，双双远飞，永不分离。这首诗大量地使用比喻，十分妥贴和自然。整首诗的情绪是悲怆而激昂的，但最后却能控制住情绪的发散，于悲愤之后透出依依哀愁之意。

---

① 本诗选自四部丛刊影印胡刻本《昭明文选》卷二十九。

黄鹄一远别，千里顾徘徊[2]。胡马失其群，思心常依依[3]。何况双飞龙[4]，羽翼临当乖[5]。幸有弦歌曲，可以喻中怀[6]。请为游子吟[7]，泠泠一何悲[8]。丝竹厉清声，慷慨有余哀[9]。长歌正激烈[10]，中心怆以摧[11]。欲展清商曲[12]，念子不能归。俛仰内伤心[13]，泪下不可挥[14]。愿为双黄鹄，送子俱远飞。

---

② 顾徘徊：徘徊顾盼，欲去不忍。③ 思心：思归之心。依依：恋恋不舍貌。④飞龙：龙为传说中之神物，能飞行。有一种有翼的，像飞鸟。这里以飞龙比喻送别者自己和将远行的朋友。⑤ 乖：离别。⑥ 喻中怀：宣述胸怀。这二句意为幸亏有弦歌乐曲，可以表达我的心怀。⑦ 游子吟：琴曲名，据《琴操》记载，《游子吟》系楚地的歌曲，楚游子出游三年，思归故乡，望楚而长叹，作此曲。⑧ 泠泠：声音凄清。⑨ 丝：指丝弦乐器，如琴瑟。竹：竹制的管乐器，如箫笙，“丝竹”在此专指弦乐器。厉：强烈。这两句意为乐器发出激越的音响，慷慨激昂中透露出不尽哀愁。⑩ 长歌：乐府歌有《长歌行》，又有《短歌行》，据《乐府题解》，其分别之处在歌声的长短。长歌是慷慨激昂的，短歌是低微沉吟的。⑪ 怆：伤感。摧：同“催”，忧伤。⑫ 展：申发。清商曲：短歌而非长歌。这二句意为唱完了长歌以后再唱短歌。⑬ 俛：同“俯”。⑭ 挥：擦。这句意为眼泪太多而来不及擦干。

其　三[1]

【题解】

这首诗写客中与友人的分别。全诗以写景发端：窗外是皎皎明月、室中暗香浮

---

① 本诗选自四部丛刊影印胡刻本《昭明文选》卷二十九。

动。聚会正在快乐地进行着。而天一亮朋友就要远行，等待着他的是寒风与严霜。诗人想到从今以后彼此就将天各一方，这样的欢聚也不知道什么时候再会有，因此希望大家珍重今宵的欢乐，分手后大家爱惜时光，彼此多多保重。全诗的情绪，于悲凉之中透出一丝暖意，显示出朋友之间友情的深厚与诚挚。

烛烛晨明月[2]，馥馥秋兰芳[3]。芬馨良夜发，随风闻我堂。征夫怀远路[4]，游子恋故乡[5]。寒冬十二月，晨起践严霜。俯观江汉流，仰视浮云翔[6]。良友远别离，各在天一方。山海隔中州[7]，相去悠且长。嘉会难再遇，欢乐殊未央[8]。愿君崇令德[9]，随时爱景光[10]。

② 烛烛：光明貌。③ 馥馥：芳香。④ 征夫：指将要远行的客人。⑤ 游子：指作者自己。⑥ 江汉：长江与汉水。从“寒冬十二月”至此，为作者预计远行友人的路程，他估计朋友十二月份就能到达江汉一带，仰观白云翱翔了。⑦ 山海：指山水。中州：指豫州，今河南省的古称，因其位居九州之中，故称中州。⑧ 未央：未尽。⑨ 崇：重视。令德：美德。⑩ 景光：时光。

其　四[1]

【题解】

这是一首送别朋友远行的诗。诗中说，以前的快乐时光再也不会来了，再过一会

① 本诗选自四部丛刊影印胡刻本《昭明文选》卷二十九。

朋友就将离我而去，踏上远行的征途。诗人愁绪万千，彷徨于郊野，仰观天上奔涌飘荡的流云，深感人生际遇如浮云般变幻莫测。从此与友人天各一方，音讯不通。真希望化为飞鸟，送君千里。这首诗的情绪沉郁悱恻，以浮云来比喻人生的际遇会合，既贴切生动，又渲染出诗人感伤的情绪。

良时不再至，离别在须臾[2]。屏营衢路侧[3]，执手野踟蹰[4]。仰视浮云驰，奄忽互相逾[5]。风波一失所[6]，各在天一隅。长当从此别，且复立斯须[7]。欲因晨风发[8]，送子以贱躯[9]。

---

② 须臾：顷刻。③ 屏营：彷徨。衢路：四通八达的大道。④ 野踟蹰：在野外徘徊。⑤ 奄忽：急速。逾：越过。⑥ 风波：被风播荡。"波"是动词。"失所"又作"失路"。⑦ 斯须：须臾。⑧ 晨风：鸟名，和鹞子是一类，飞得极快。⑨ 贱躯：作者自谦之辞。

（郑逸文　朱　伟）

图书在版编目（CIP）数据

先秦两汉诗观止/《先秦两汉诗观止》编委会编.
—上海：学林出版社，2015.8
（中华传统文化观止丛书）
ISBN 978-7-5486-0913-1

Ⅰ.①先… Ⅱ.①先… Ⅲ.①古典诗歌—诗集—中国—先秦时代 ②古典诗歌—诗集—中国—汉代 Ⅳ.①I222.72

中国版本图书馆CIP数据核字（2015）第158542号

先秦两汉诗观止

编　　者—— 本书编委会
责任编辑—— 褚大为　岳拯士
封面设计—— 周剑峰

出　　版—— 上海世纪出版股份有限公司 学林出版社
地址：上海市钦州南路81号　电话/传真：021-64515005
网址：www.xuelinpress.com
发　　行—— 上海世纪出版股份有限公司发行中心
地址：上海市福建中路193号　网址：www.ewen.co
排　　版—— 南京展望文化发展有限公司
印　　刷—— 上海展强印刷有限公司
开　　本—— 710×1020　1/16
印　　张—— 11.5
字　　数—— 14万
版　　次—— 2015年8月第1版
印　　次—— 2015年8月第1次印刷
书　　号—— ISBN 978-7-5486-0913-1/I·126
定　　价—— 36.00元